王淑芬童話

冰糖愛上方糖

文 王淑芬
圖 貝果
主編 徐錦成

目 次

目次

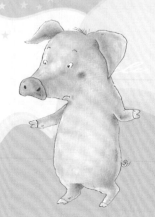

童話，是魅力獨具的文類。一個人兒時接觸到的童話，往往影響其一生。一個文明的童話，也往往反映出——甚至型塑了——這個文明的人民性格。

童話一方面是活潑的，但同時也是溫和的。

活潑，因此我們可以從童話中看出一個文明的想像力與創造力。

溫和，因此童話界少有話題、少有論戰，以致文壇的聚光燈也難得打在童話身上。

童話的發展跟文學的發展息息相關。但從文壇的現狀看，詩、小說、散文是三大主流文類；戲劇作品不多，但也有其地位。至於童話，與

前四者相較無疑最為寂寞。文學界長期的忽略，使童話受到的肯定遠遠不及她本身的成就。

　　是該重新認識並重視童話的時候了！

　　童話，是呼喚童心的文學。不只屬於兒童，也屬於所有童心未泯或想尋回童心的成年人。而童心，在任何時代、任何社會都是最寶貴的。錯過童話，對喜歡文學的讀者來說是一大損失。

　　九歌出版公司自二〇〇三年開始推出「年度童話選」，獲得廣

大迴響。如今又推出「童話列車」，在台灣兒童文學出版上更是史無前例的大事。以往的童話選集，不論依類型或依年代來編，都是集體作者的合集。而這次，我們以個人為基準，要為童話作家編出一部部足以彰顯其成就的代表作。

在作家的選擇上，所有資深的前輩作家以及活力旺盛的中生代作家，只要作品具有一定的質量，都是我們希望合作的對象。而作家的來源也不限於台灣。我們放眼華文世界，希望能為各地的優秀華文童話家出版選集。

在篇目的選擇上，則由編者與作者深入溝通，務必使所收錄的作品能確實具有代表性、能充分展現作者的風格。每本書末皆有一篇賞析專文，用意在提醒讀者留意該作家的童話特色。

我們希望透過這一系列精選集，向優異而豐富的華文童話家致敬。更期望大小讀者能透過他們的作品，品味到文學的童心。

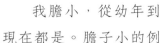

Fairy Tale
自序
膽小鬼的
童話練習課

我膽小,從幼年到現在都是。膽子小的例證是:我小學搭公車,快到站時,竟不敢拉鈴,總要等到別人拉鈴下車,我才「順便」下,於是,往往過了兩三站才走回頭路到家。

問題便是:「膽小鬼能不能寫童話?」童話是什麼?童話是要跳脫現實的,是要天馬行空的;膽子小,哪能放得開,哪能大膽胡思亂想寫出妙趣橫生的童話?

幸好,我藉著「閱讀」練膽子。這應該不是我首創,我知道很多人書看多了,眼界開,胸懷也開,知道世間事不過爾爾,沒什麼大不了。所以,我在童話故事中鍛鍊我的創意,還不時提醒自己「創意寫

童話的三原則」：

　　一、愛做白日夢，這可以訓練大膽想像。

　　二、看事情的角度盡量多元化，這可以在胡說八道中，仍有它的邏輯。

　　三、世間一定要有某類事讓我熱情澎湃，這可以永保我的感性浪漫。所以我是個會跟著同樣理念的人群上街頭抗議的人。

　　十多年來，我的創作橫跨各類型，除了兒歌與劇本沒有外，所有的童書類型我都有興趣試試，也都有自己滿意的作品。與其他作家相較，我的童話創作數量並不多，但我仍盡量嘗試各種風格。我不喜歡被歸類，所以我的童話有熱鬧派，也有抒情風格。我可能是個最沒有個人特色的童書作家了，這一點該喜或憂，我沒有答案。

　　這本精選集，收錄十多年來的童話書寫，有的散見各報章雜

誌，有的來自《綠綠公主》、《我不笨，我要出書》。我檢視它們，發現書寫內容永遠在現實生活中打轉，沒有大規模跳脫時空的「純粹幻想」，我畢竟是個膽小鬼啊。所以，我仍要不斷練習，想辦法讓我的創意領先我的膽怯。

王淑芬 民國95年9月於台北

Part.01

巫婆變心

像往年一樣，「梅林巫婆專科學校」的畢業典禮又刺激又熱鬧。

　　首先，當司儀喊著：「歡迎畢業生進場」時，只見穿著黑色斗篷的畢業生，一個個騎著掃把「咻——咻——」從天而降，最前排的甚至還表演幾個高難度的「連續三百次後空翻」，才緩緩降落。

　　校長在致詞時，特別強調本屆畢業生是歷年來最搗蛋，也是優秀的。按照現行的「巫婆教育法」規定，畢業生得實習一年，如果在一年內能完成一件「嚇人的、可怕的、破壞力強的」任務，才可以領到正式畢業證書，成為一個有執照的巫婆。

　　校長才說完，大家便迫不及待的怪吼怪叫起來，因為接下來是最好玩的「致歡送詞」；這時候，所有的在校生可以使盡全身法力，將畢業生變成怪物。緊接著的「致答謝詞」則換成畢業生回敬學弟妹。

　　只見典禮會場到處是老鼠、蟑螂，尖叫聲與怪叫聲四起。畢竟不是領有執照的正式巫婆，法術差了點，每回總有在校生把學長變成怪物後，背錯「變回原樣」咒語，結果不但沒變回原樣，反而變得更怪。師長們看得又好笑

★巫婆變心★

又好氣，只能幫忙善後。

最後，典禮在大家暢飲「血腥瑪麗——巫婆專有口味雞尾酒」中圓滿結束。所有的畢業生帶著師長的祝福，出發到全國各地尋找自己能完成的恐怖任務。

今年第一名畢業的小巫婆吉娜很煩惱。她天生個性強，不想和同學一樣，只會玩些「嚇嚇小孩」或讓人做惡夢的「小」把戲。媽媽看出她的心事，警告她：「時代不同了，人類中的壞人越來越多，妳可別以為嚇得了所有人。依我看，還是隨便找些簡單的壞事做做，先拿到畢業證書再說。」

有了畢業證書，巫婆才能正式營業，運用法術不會遭天譴。只不過，吉娜也聽說凡間的人類並不容易受到驚嚇，因為壞人壞事他們見多了。唉，巫婆可說是處於不景氣的時代，往常的豐功偉績只能在「巫婆史」中讀到，像白雪公主的後母，或是給美人魚雙腳那樣名聲顯赫的巫婆，大概很難再現了。

吉娜決定先到人群多的地方試試；學校老師教過，人一多，就容易鬧事，她們便可趁機作怪。她悄悄的裝扮成賣花女，混在嘈雜市場中，尋找做壞事的靈感。她提醒

自己，每個實習巫婆，只有三次使用法術機會，一定要好好把握，完成驚天動地的行動，說不定，自己也能被寫入「巫婆偉人史」哩。

　　一陣響徹雲霄的號角聲吸引她走過去。原來，是皇宮裡的侍衛正在發布最新的皇室命令：「明日黃昏，在皇家花園舉辦皇家舞會，請全國年滿十八歲的少女一律參加。」

　　天啊，太美了，簡直是得來全不費工夫。吉娜樂得全身發抖，運氣實在太好了，正巧趕上王子的擇偶大會，明天，她一定會讓王子對自己一見鍾情，順利成為王妃。當上王妃後，要使出什麼法術，搞得天下大亂，那還不容易？

　　吉娜回到家，先用特殊香料塗滿全身，再使出第一個法術「變身咒」：將自己變成絕世美女，一頭閃著金光的秀髮、粉嫩肌膚、水汪汪大眼、魅力十足的櫻桃小嘴，包準王子見了神魂顛倒。最後，把所有舞步練得純熟精湛，她有信心會在舞會中脫穎而出。

　　第二天黃昏來臨，五光十色的燈火將皇家花園點綴得輝煌耀眼。全國少女無不精心打扮，想獲得王子青睞。

侍衛將少女一一帶至國王、王后以及王子面前行禮，只是王子從頭到尾都面無表情。

　　吉娜刻意排在最後一位，當她被引導走向前時，四周傳來讚嘆聲，顯然大家都被她迷倒，連王后都露出笑容，不斷點頭。她慢慢走到王子面前，笑得燦爛極了，可是，王子居然只是朝她輕輕回個禮，便轉身望向遠方，似乎並不在乎眼前妙齡女郎有多迷人。

　　「太可惡了，竟然不被美色迷惑。」吉娜皺皺眉頭。「接下來，我要以舞姿打動王子。」她隨著一曲曲音樂翩翩起舞，步伐如此優雅，全場目光幾乎都在她一個人身上，連宰相大臣都忍不住過來邀她共舞。

　　王子呢？王子只偶爾轉過頭來淡淡一笑，他不但沒有和任何一個人跳舞，還離舞池遠遠的，默默站在花園一角發呆。

　　月光柔和的照在吉娜金髮上，「變身術」無效，她

必須使出第二個法術了。她輕輕唸著「變聲咒」，讓自己擁有一副甜美嗓音。徵得國王同意，她清清喉嚨，為大家獻唱一曲。

當她緩緩唱出第一個音符時，所有的人都靜默下來，細細聆聽。她唱著唱著，有人被感動得流下淚，有人跟著搖頭晃腦打節拍。園裡的玫瑰彷彿也聽傻了，花瓣一片片掉下來，和早已陶醉的綠草輕輕仰躺著。

王后拉拉王子衣袖，在他耳邊說：「這麼一位美麗大方、能歌善舞的女孩，難道不是你的理想伴侶？」

王子搖搖頭，微笑看著遠方。

舞會結束了，吉娜氣急敗壞回到家，想不通為什麼這兩個法術對王子不起作用。到底王子心目中的王妃應該是什麼樣子嘛？

夜深了，不服輸的吉娜偷偷潛入皇宮，在王子寢室陽台下，她聽到王子輕聲嘆息：「父王與母后就是不懂，美貌有什麼用，總有一天會老去；善舞有什麼用，總有一天會跳不動；歌聲美又如何，有一天還不是會沙啞老朽。」

王子低頭撫摸懷裡的白貓：「我喜歡的，是溫柔體

貼、心地善良的女孩，只有這樣的女孩，她的美麗才會永恆。歷史上許多亡國滅朝的教訓，起因就在於壞心腸王后的挑撥。我要的王妃，第一要件就是善良。」王子又對著懷中白貓傾訴。

原來如此，吉娜差點兒快樂得笑出聲來。她終於取得王子的擇偶祕密啦——他要一個善良的女孩！

這還不容易，她把握最後一個機會，使出全身法力，念出她在課堂上背得滾瓜爛熟的「變心咒」。

「天靈靈、地靈靈，從今而後，吉娜大發善心，永無止境。」

吉娜願望達成了，善良的她，到處散播愛心，成了舉國皆知的「最善良的女孩」。王子最後也聽說了，選個好日子，開心的迎娶她進宮。

吉娜忘了她原本的任務，變心後的巫婆，不可能再害人，她四處救濟需要幫助的百姓，成為最受人民擁戴的王妃。吉娜做了許多氣炸巫婆界的「好」事，害得巫婆專科學校校長被記過，當年教她的老師也一個個引咎辭職。

吉娜一輩子都沒有領到畢業證書

——原載一九九三年四月《民生報》
一九九二年海峽兩岸童話徵文優選

巫婆變心

Fairy Tale

Part.02

不聽話
的齊齊

春天裡，老母雞生了一窩蛋，又白又圓的雞蛋，每一顆都那麼討人喜歡，老母雞小心的孵著蛋。二十一天後，蛋殼一個個被啄破了。哇！一團團金黃色的小毛球，在陽光下真是又可愛又漂亮。

　　小毛球一天天長大了，成天吱吱喳喳，好不熱鬧。老母雞看著她的小寶寶們，有小公雞，有小母雞，每一隻都令她十分滿意。

　　不對，不對，有一隻小頑皮「齊齊」，叫她又好笑又好氣。

　　齊齊是隻小母雞，有一肚子的古怪和稀奇；別人都在忙著啄穀子、啃小石子兒，她卻蹲在稻草堆旁吊嗓子。

　　「ㄛ─ㄛ─ㄛ─，ㄍㄨ─ㄍㄨ─ㄍㄨ─」齊齊拉開喉嚨，朝藍藍的天空高歌一曲。有幾朵白雲嚇得趕快摀著耳朵逃開。

　　「天哪！齊齊，齊齊，妳又唱錯啦！」老母雞拍著翅膀，急急忙忙跑過去。

　　「來，學我的樣子，兩腳張開，與肩同寬。」老母雞拉著齊齊，不耐煩的示範著。「我已經教妳一百零八遍了，是母雞，就該『ㄍㄜ─ㄍㄜ』叫，不可以像剛才那

樣。」

　　齊齊抓抓腦袋，嘟起小嘴：「哥哥們不都是這樣叫的嗎？」

　　「只有公雞，才能『ㄍㄨ—ㄍㄨ—ㄍㄨ—』的叫大家早起。妳忘了妳是一隻小母雞啦？」老母雞扭著雞屁股，不高興的走了。

　　「對了。」老母雞又回過頭來，提醒小齊齊：「走路要慢慢的，像個淑女，別老是像哥哥那樣，大踏步的走。前幾天，妳摔得一身雞皮疙瘩，就是個教訓。」

　　齊齊努力的想學做淑女雞，可是，每一次張開雞爪，便又忘了保持優雅，還是朝前大踏步的走。

　　這一天，她走在紅花綠草中，和蚯蚓聊聊天，心情好愉快。一開心，又忘了媽媽的教訓，拉開嘴巴「ㄍㄨ—ㄍㄨ—ㄍㄨ—」叫起來。

　　睡得香甜的人們被叫醒了，一邊抱怨：「呵，還沒睡飽哩。」一邊努力張開眼看看窗外。「哇！太陽升得這麼高了，還好，咱們有聽見雞啼。」

　　「不對啊，怎麼會是隻母雞？」人們看到齊齊，凶巴巴的罵著：「是母雞，學什麼公雞啼？」

不聽話的齊齊

齊齊嘆口氣，回到家裡。

只見老母雞正帶著小雞們，慌慌張張的到處找地方躲。「齊齊，快來！狐狸來了。」媽媽一把拉住她，告訴大家：「不要出聲，小心躲好。」

齊齊有意見：「咱們那麼多個，狐狸才一隻，幹麼不一塊兒上前啄傷他？」

「妳瘋啦？狐狸天生是抓雞的。別出聲，快低下頭。」老母雞縮著脖子，小聲的回答。

齊齊膽子真大，她踏開大步，大叫幾聲，便往狐狸衝了過去。

「ㄕㄚ─ㄕㄚ─ㄍㄚ─ㄅㄚ─」一陣亂響，轉眼間，狐狸和齊齊都不見了。

老母雞從樹叢後走出來，看著地下凌亂的幾根羽毛，哭了起來：「不聽話的齊齊，這下給狐狸抓去了！」

不對，不對！綠草地上，狐狸和齊齊正吃著果子，快樂的聊天哩。

「我從小便愛吃素，聞見肉味便想吐。」狐狸向齊齊訴苦：「媽媽老是罵我不爭氣，不像狐狸。」

「剛剛她逼我到雞舍去抓隻雞，好通過我的『成人典

『禮』考驗。有沒有嚇著妳？」狐狸不好意思的問。

齊齊搖搖頭，回答：「沒關係。」又說：「我也不愛吃穀子，偏愛水果，也老挨罵。」

他們約定，過幾天後，再帶著水果來野餐。

齊齊回到家裡，老母雞和其他的小雞都睜大眼睛，覺得訝異：「妳不是給狐狸吃了嗎？」

齊齊搖搖頭，笑了笑：「狐狸，一定要吃雞嗎？」一轉頭，又忘了優雅，踏著大步走開。

幾隻小雞也跟在她後面走。

齊齊越走越輕快，拉開喉嚨：「ㄍㄨ─ㄍㄨ─ㄍㄨ─」唱起歌來。

被叫醒的人們，推開窗，又罵了：「是母雞，學什麼公雞啼？」

齊齊可不管，和身後一群小雞們──公的、母的，全拉開嗓門「ㄍㄨ─ㄍㄨ─ㄍㄨ─」唱得更大聲；一邊唱，一邊邁開大步往前方走去。

Fairy Tale

Part.03

花兒們
的心事

Fairy Tale

鳶尾的願望

一朵紫色的鳶尾花開了。她仰起頭，看著蔚藍的天空，那兒有成群的鳥兒自在的飛翔著。

多想也上去親吻白雲哪！她想。

沒有翅膀，註定只能在夢裡飛翔。

她努力的將花瓣往上翹起，遠遠望過去，像隻有著最華麗羽尾的鳶鳥，靜靜的棲息著。後來，鳶尾花被採摘下來，經過乾燥，做成一枚壓花胸針，被送給一個女孩。接受贈禮的女孩要到國外學跳舞。

在飛機裡，在白雲頂上，鳶尾花和女孩微笑著，各自做著自在飛舞的美夢。

靜靜的軟枝黃蟬

夏天，一隻蟬高聲的嘲笑著軟枝黃蟬。

「開得再美，終究是個啞吧；瞧我唱得多神氣，所有的人都能聽到我美妙的男高音。」

蟬繼續賣力的叫著。三個女孩走過來，一個說：「這討厭的蟬要吵到什麼時候啊？」一個說：「整天叫呀

叫的，聽得好煩。」另一個開心的提醒大家：「看到沒，所有的軟枝黃蟬全開了。」

靜靜的夏日午後，滿樹的軟枝黃蟬開得好熱鬧。

不開口說一句話，軟枝黃蟬默默的用鮮亮的花顏贏了這場比賽。

紅玫瑰與白薔薇

花園東邊，種著紅色的玫瑰。

花園西邊，種著白色的薔薇。

那是春天快要結束的時候，紅玫瑰小姐和白薔薇先生在一個黃鶯啼叫的早晨同時醒來，同時張開花苞，同時第一眼看到了對方。

他們只能彼此默默遠望。許多話想跟對方親密的說個夠，卻只能在一夜的苦思後，淚眼漣漣的自清晨醒來，繼續無言的互相遙望著。

一輩子就這樣嗎？

終於在花園主人的婚禮上，他們愉快的牽手了。

那是場盛大的婚禮，紅玫瑰和白薔薇成了一束最美麗的捧花，在新娘的手上緊緊依偎著。在結婚進行曲旋律

中，他們一起走過紅色的地毯。

　　大家都說，從沒看過這麼美的新娘捧花，看起來感覺好幸福！

永遠的曇花

　　小時候，她是一朵好小好小的花苞。

　　有一天，她聽到身邊的姊姊在嘆息：「今晚開花後，明天早上，我便要和大家道別了，生為曇花真是命苦啊！」所有的曇花姊妹們都一齊流下淚來。

　　「這麼短暫的生命，再美麗有什麼用呢？何況，花開時是在晚上，誰會來欣賞我們？」曇花大姊哭得好大聲。

　　她們陸陸續續開花了，可是都開得很不起勁。

　　小曇花卻不認輸。在她開花的那天晚上，她使出全身力氣，高昂著頭，挺直著胸，開心的笑著，把自己笑成一位最美最香的夜之皇后。

　　半夜裡，濃濃的花香把二樓的攝影師和三樓的畫家吵醒了。他們分別帶著相機和速寫簿衝下樓來。

　　畫家說：「這麼美的曇花，可千萬不能錯過。」

　　清晨後，小曇花枯萎了。

但是啊，一年後，人們走過大樓，總會對著牆上那兩幅放大的曇花相片和畫像稱讚：「好美的曇花。」

驕傲的蝴蝶蘭

她根本不把其他花兒放在眼裡。

所有的遊客總是在她身邊流連最久，不忍離去。

「多高貴，多優雅的蝴蝶蘭！」

玫瑰謝了，薔薇凋了，太陽花也低頭了。只有蝴蝶蘭還維持那高雅的姿態，不可一世的挺立著，散發出貴族式的香氣。

她們全住在溫室裡，四周是透明的帷幕罩著，蝴蝶蘭便是這王國裡最尊貴的女王。

一天，一隻大紫蝶飛經溫室，停在屋頂上休息。

低下頭，他看到了蝴蝶蘭。

他有點詫異，那朵長得很像自己的大紫花是誰啊？

蝴蝶蘭也看見他了。她問自己，那個長得很像自己的紫色大昆蟲是誰啊？

短短一秒鐘，大紫蝶振起雙翅，飛走了。蝴蝶蘭的心在這一瞬間，隨著大紫蝶的雙翼也震動了。

她有什麼好驕傲的呢？那隻大紫蝶不但有著自己一向傲人的外貌，更有自己所沒有的自由啊！

別笑仙人掌

仙人掌剛剛搬進花園後不久，就聽到蜜蜂傳給他一些鄰居們的閒話。

總是打扮得十分嬌豔的姬百合首先表示不滿：「這麼醜的鄰居，真是我們這片花園的一大笑話啊！」

杜鵑也點頭：「瞧他渾身的刺，看起來真令人不舒服。」

玫瑰甚至嘆氣說：「這座花園向來美好的名聲，就要被他毀了。」

仙人掌難過極了，他開始恨自己，為什麼長成這個怪樣子？

後來接連幾天，一直沒有下雨，那些嬌滴滴的花兒全渴得彎腰駝背，無精打采。

只有仙人掌還站得直挺挺的。

「如果我也長得像仙人掌那樣，有細細的針葉就好了。」現在，花兒們全這樣想。

孤獨的落地生根

每一棵落地生根都有項了不起的本領。

小小的一片落地生根葉子，會從葉緣中冒出細細的芽，只要找得到土地，細芽們便又可以住進土裡，長成另一棵快樂的小落地生根。

落地生根是一個子孫眾多的大家庭。

每當落地生根媽媽看著她那一大群孩子們、孫子們、曾孫子們、曾曾孫子們，便有說不出的滿足。看哪！遠遠望去，遍地是矮矮密密，緊緊擁抱土地的落地生根們。

只有一棵落地生根是媽媽心頭的一陣痛。

唉！他從小就是不像其他兄弟姊妹們低著頭，偏要高高挺立。不低頭去尋找土地，哪能生存下去呢？

他一直站著，頭往上仰，也不管哥哥拉他的腳提醒他：「下來吧！快趴下來找個新家，繁衍你的後代。」

他終於孤獨的站著，過完他的一生。

然而只有他曾和白雲握過手，和知更鳥談過笑。

──原載一九九三年九月《兒童日報》

Fairy Tale

Part.04

怕高的白九

Fairy Tale

白九是一塊又光又滑的白色瓷磚；因為是第九個從機器裡「生」出來的，所以叫白九。白大──也就是他們的大哥，常教訓一夥兄弟姊妹：「身為瓷磚，就要懂得做瓷磚的道理。」至於瓷磚的道理是什麼呢？白大倒沒有說清楚。大概就是要「吃苦耐勞，做個硬漢」等等這一套吧。

　　出生後沒多久，白九就發現一件非常可怕的事。

　　那一天，全家都被裝進了大紙箱裡，然後，被抬到櫃子的最上層。大夥兒你擠我推，玩得正開心，忽然，一陣「喀啦喀啦」的聲音傳出來。白大找了半天，最後終於知道聲音從哪兒發出來的。

　　是白九。

　　他全身正抖個不停，「喀啦喀啦」的響。

　　由於白九的臉本來就是白的──他是一塊白色瓷磚嘛，所以，我們沒法兒說：「他嚇得臉都發白了。」不過，看他抖成那樣，白大立刻哄他：「別怕，別怕，哥哥在這裡。你到底怎麼了，嚇得臉上……全沒血色？」

　　白大真有學問。

　　白九喘著氣，虛弱的回答：「我……我好怕會掉下

去，怎麼辦？好高哇，我⋯⋯我想吐。」

瓷磚會吐出什麼呢？白大倒想知道。不過，現在不適合做科學研究，應該要友愛弟弟。所以，白大安慰白九：「別擔心了，把眼睛閉上。這叫『懼高症』。」

至於懼高症是怎麼得來的，該如何醫治？白大對醫學沒有研究，不敢亂說。他只能哄哄白九：「放心，你以後不會給貼到高處去的，別害怕啦。」

哈！你猜對了。白九後來就是給貼到高處的。這也沒有辦法，他長得又平又亮，方方正正，建築工人一挑，便把他貼在五樓公寓外牆。唔！陽臺窗口正上方，不就是早已經「面無血色」的白九嗎？

才住上五樓第一天，白九便和水泥牆交了朋友。因為睜開眼睛，往下一瞧，全身便害怕得又發起抖來，這一抖，在他背後的水泥牆就直喊著：「哇！好舒服，謝謝你給我按摩。對，我這一張硬邦邦的臉正需要按摩美容。」

可是，沒過多久，水泥牆就被白九抖得頭昏眼花了。

「停一會兒吧，我快被晃暈了。」水泥牆叫起來。白九只好坦白解釋，自己害怕高的地方，不知道該怎麼辦

呢？

「我一定活不下去的，我……」白九鼓起勇氣，做了一個深呼吸。「我還是跳下去吧。」

水泥牆大喊：「那怎麼行？」伸手把白九拉得更緊，「瞧你這一身，摔下去不就粉身碎骨了嗎？」

「可是，我好怕喲。唉，我又想吐了。」白九一直覺得身體快掉下去了。

「凡事得用大腦多想想。來，我替你想辦法。」水泥牆一邊把白九黏得緊緊的，一邊用他的水泥大腦思考。無奈想了半天，仍然找不出什麼好方法。

「我一定得趕快搬到樓下去。就是住進浴室，躺在馬桶腳下都好。」白九恨極了懼高症。

水泥牆給他打氣：「別這麼沒有志氣。要不

★ 怕高的白九 ★

然，你想法子毀容，也許工人就會把你換掉。」

這真不是一個好主意。可是白九管不了那麼多了，他請風兒吹來沙塵，蒙上臉。說不定人家一看，嫌髒，立刻就把他敲下來，回草地上舒服的躺著呢！

偏偏又來了一陣雨，一下子，把白九的灰臉又抹乾淨了。白九氣得大罵，雨點兒還莫名其妙：「免費給你清潔皮膚，居然不要？」

幾天過去了，白九快要熬不住了。水泥牆只得常和他說說話，暫時讓他分心，以便忘掉惱人的懼高症。

可是，水泥牆的故事、謎語、笑話全都說完了，連他當年還是一團沙子時的童年往事都說了十遍，再這樣下去，水泥牆也受不了啦。

附近的輕風、白雲、榕樹、白鴿、小草，漸漸都聽說了白九的煩惱。所以，在水泥牆的建議下，這些熱心的

朋友排了一個輪值表，來和白九談談天、說說笑，目的是讓白九別再去想「怕高」這件事。

所有的人可以看見，有時，一陣白霧飄在五樓旁，好一會兒才離開，那一定是輪到他來陪白九。

有時，幾隻麻雀停在陽臺上，發表最新的歌曲，還模仿排行榜上第一名的熱門歌曲──烏鴉頌，逗得白九笑得臉色發白──他只能發白嘛。

白九當然還是怕高，不過，他已經不想從五樓跳下去了。

──原載一九九四年九月天衛文化版《綠綠公主》

怕高的白九

Part.05

狼心狗肺

很久以前，一隻狗和一匹狼在聊天。

「哼！有件事，我一想起來便一肚子火。」狼歪著嘴，氣呼呼的說。「你翻開字典瞧瞧，只要是跟我有關的，多半沒好事。」

狼伸出爪子，一樁樁數給狗聽。

「什麼『狼狽為奸』啊、『狼吞虎嚥』啊、『杯盤狼藉』啊、『狼嚎鬼叫』啊……」

話還沒說完，狗便搶著接下去：「還有『狼心狗肺』啊！唉。」

「你還算好呢，要不要聽聽我的？」狗也歪著嘴，氣呼呼的抱怨。「什麼『狗腿子』、『狗仗人勢』、『狗掀門簾』、『狐群狗黨』、『狗嘴吐不出象牙』、『狗眼看人低』……」

狗越說越急、越急越氣，最後索性大哭起來。

「我一向是最重義氣、最照顧朋友的，怎麼能用『狼心狗肺』來形容毫無天良的人呢？不公平！不公平！」狗哭

★
狼心狗肺
★

得真是傷心。

狼拍拍他的肩，輕輕嘆了一口氣：「這的確沒道理。不如這樣吧，我們一塊兒去找字典，向他抗議。」

狗和狼便走過大街，穿過小巷，來到書桌前。

字典正打著盹呢，太久沒運動，全身沾了一層灰。

「對不起，我家主人最近和『漫畫小姐』正在熱戀中，好久沒來找我了，瞧我渾身髒的。」字典忙著向兩位客人道歉。

「外表髒我們不介意。」狼瞪著一雙大眼，不怎麼高興的說明來意。「倒是你肚子裡藏了不少罵人的髒話，而且全拿我們惡作劇，究竟是什麼用意？」

字典難為情極了，連忙說：「是啊，我也覺得肚子裡有這些東西挺不好受的，常鬧胃痛哩！今天，我就把跟兩位有關的不雅詞兒全扔掉吧。」

狗咧開大嘴，笑得十分開心：「真謝謝你。畢竟是書生，多麼有風度。」

事情傳了開來，字典可忙壞啦。

首先是豬晃著他的豬腦袋，前去質問：「為什麼叫我『笨豬』？為什麼說『豬頭豬腦』？」

馬也拉著一張長臉，吐著熱氣：「你倒是說說看，『馬後砲』、『馬馬虎虎』是什麼意思？我的臉長又干你什麼事？幹麼說『馬不知臉長』？」

老鼠也吱吱喳喳的嘀咕著：「我招誰惹誰了？淨罵我『鼠輩』，笑我『鼠膽』，連我的『鼠目』都沒放過！」

字典簡直成天都在陪罪，一邊說「對不起」，一邊忙著把這些罵人的詞句除去。等到幾乎所有的動物都來過一趟，他也足足瘦了一大圈。

當狼跟狗再去看他時，他掀開肚皮，得意的地說：「你們瞧，現在乾乾淨淨，只剩些妙詞好話了。」

狼點點頭，「這才是一部好字典。」狗也稱讚他，並表示從來沒見過像他那麼有氣質的人，他所散發出來的「書香味兒」特別的濃，特別的純，這完全都是因為他肚

★ 狼心狗肺 ★

子裡已經沒有罵人的話了。

　　這一年，字典還當選「年度最佳動物之友」。

　　只可惜，這本「好字典」被他的主人扔了。因為有一天主人和朋友搶看漫畫書，兩人吵了起來，回家後，主人打算寫封「絕交信」給朋友，信的開頭，得找幾個罵人的詞兒洩洩恨。結果一翻字典，連一句相關的詞兒都找不著，氣得把他給扔進垃圾桶裡。

　　你的字典裡頭有「狼心狗肺」嗎？那麼他鐵定不是「好字典」的後代。

　　很久以後，一隻狗跟一匹狼在聊天。

　　「昨天我又到醫院去做『換心手術』了。」狼伸了伸腰，打了個大呵欠。「現在還覺得有點兒頭暈哩。」

　　狗露出欽佩的表情：「狼哥，你真不愧是去年『年度最佳人類之友』，這已經是你第六次換心了吧？」

　　狼客氣的笑了笑：「哪兒的話，你一向都是人類

『最忠實的朋友』，不也做了七次的換肺手術啦。」

　　事情原來是這樣的：許多人罹患了「壞心病」，成天心神不寧，心術不正，給社會帶來許多的問題。經醫學家們研究發現，如果將狼的心臟移植給這些人，不但能治好他的病，而且從此會變得跟狼一樣，只要填飽肚子，絕不會有害人的歪念頭。

　　此外，有些人得了「肺腫大」，呼吸不順暢，動不動就喘不過氣來，常「憋了一肚子氣」，變得怪里怪氣，老跟別人處不好。幸而，偉大的醫學家們又研究發現，只要換上狗的肺，這些毛病即可痊癒，整個人神清氣爽，煥然一新，跟狗一樣，既老實又勤快。

　　最重要的是，狼跟狗和人交換了心、肺之後，自己體內的器官便會製造出新的細胞，只需要兩個月，便又恢復為狼的「心」，狗的「肺」，跟原來的一模一樣。所以，一隻狗和一匹狼，終其一生，可以做好幾次的移植手術，算是對人類有極大的貢獻。

　　狼和狗已經領了不少的獎章，也上過電視接受表揚，同時還拍了幾部宣導短片，勸告人們要多向「沒有心機」的動物學習。只不過，兩個人一碰面，聊呀聊的，最

後總會想起一件共同的「心事」。

「我昨天又到圖書館去了。」狗輕輕嘆了一口氣，「我把每一本字典都翻遍了，就是看不到我想看的。」

狼拍拍狗的肩：「算了，算了。我不是告訴過你，字典已經是幾千年前的老古董，現在已經很少有人翻了，更別想去修改他。」

狗瞪大了眼睛：「難道你不知道，在每一本字典裡頭，把我們罵得有多慘嗎？你知道以前的人，如果罵一個沒有良心的人，就說他『狼心狗肺』嗎？這簡直是極大的侮辱！」

「好啦，好啦，我還知道我給罵成『色狼』哩。但是，又能怎麼樣？」狼無可奈何的聳聳肩。

「不行，不行，我們一定要去抗議，不然『遺臭萬年』，叫我們的後代子孫怎麼『做狼、做狗』？」狗拉著狼，到「聯合國動物協會」找其他動物商量去。

老鼠第一個贊同他們的意見：「人類經常和我交換

眼睛，說是鼠眼兒看近處比較清楚。可是，瞧字典上把我說成什麼樣子？『獐頭鼠目』！哼！」

豬也哭喪著臉說：「不是講『吃豬腦補人腦』嗎？吃過以後，居然還批評我『豬腦袋』，真氣人。」

所以，只要在字典上被「修理」過的動物，全都綁上一塊白布條，舉著「還我清白」的牌子，集體到文化部去向文化部長陳情。

文化部長接見了他們，很客氣的答覆：「祖先的老古董，我們不好亂改。這樣吧，我們來出版一本新的字典，就叫『好字典』，把各位光榮的事蹟全列進去。」

新的「好字典」終於出版了。在「狗」字裡，寫著：「『狗眼』：形容忠心耿耿的眼神；『狗腿子』：形容跑得非常勤快。」

「狼」字裡，也有新的面貌：「『豺狼』：比喻動作

敏捷的人。『狼狽』：互相合作的意思。」

至於「狼心狗肺」，是「形容擁有像原始動物一般，不算計、不陰謀的純真個性。」

狗看了，很滿意的點點頭：「知錯能改，很好很好。」

狼也說：「真是一部好字典。」

只可惜，我們還沒有機會可以親眼看見這本與眾不同的「好字典」。

——原載一九九四年九月天衛文化版《綠綠公主》

★狼心狗肺★

Fairy Tale

Part.06

黑胡椒牛奶

大清早，趕著上「跳躍課」的羚羊們，路過「進來涼冰果店」，想走進去買杯冰羊奶喝，卻瞧見木頭門還緊緊關著，老闆八成還沒起床呢。

　　「真是的，十有八天，這間冰果店都得太陽升得老高了，才開門營業，害我們想喝點飲料都沒法子。」白羚羊嘟起嘴抱怨。

　　「可不是。」黑羚羊吞了一下口水。「老闆也太懶了，損失好多生意呀。」

　　正說著，冰果店的老闆：山豬阿豪，慢吞吞的打開店門，眨眨一對大瞇眼，掩著嘴，打了個像臉盆那麼大的呵欠。「呵——好睏呀，噢！太陽都那麼大了。」

　　看見店門開了，羚羊們趕緊往店裡面走。

　　「哇！這麼髒。」他們望著店裡那一群嗡嗡叫的蒼蠅，有的正停在前一天沒收拾的空杯子上。兩隻渴死了的羚羊，忍不住搗住鼻子尖叫起來。

　　阿豪不好意思的笑了笑說：「對不起！對不起！昨天客人喝剩的，忘了收拾。」說完，拿起蒼蠅拍，朝桌面狠狠打了下去。蒼蠅沒打著，卻把桌上的灰塵拍得滿天飛。

「抱歉，抱歉，隨便坐。請問兩位點什麼？」阿豪抓起抹布到處擦。

「我想要杯山羊奶，冰的。」白羚羊看看牆上的單子，點了杯他最愛喝的飲料。

黑羚羊是個愛冒險、趕新鮮的小夥子，他想嘗嘗不同的口味：「聽說牛奶很香濃，我想試試。」

白羚羊瞪他一眼：「你好大的膽子，老爸如果知道你喝別人的奶，一定氣得發『羊癲瘋』。」

阿豪打開冰箱，誇讚自己的產品：「今天的牛奶特別香，不嘗一嘗太可惜了。」他又打了個呵欠，「呵——嗯——對不起，昨天太晚睡了，精神不太好。喔，牛奶呀，得加點本店特製的調味料，味道會更棒。」

「那就來一杯吧。」黑羚羊舔舔嘴，開心的說。

阿豪拿出牛奶，想倒點兒巧克力粉進去，但是，因為沒睡飽，迷迷糊糊的，拿錯了罐子，不小心，倒了一大把黑胡椒進去。

「哈啾！」阿豪沒發覺自己加錯了料，還以為鼻子過敏的老毛病又犯了。

「本店新口味的牛奶來囉！客官，請慢用。」阿豪放

入吸管，得意的將飲料端了出去。

　　黑羚羊瞪大眼睛，訝異的問：「牛奶裡頭烏七抹黑的，是什麼怪東西？讓我試一試。」說完，「ㄙㄨ」一聲，吸了好大一口。才喝第一口，便張開嘴巴咳嗽起來。

　　「咳！好辣，嗆死我啦！這是什麼怪玩意兒？」

　　阿豪這才發現自己做了糊塗事。心一慌，趕忙動動自己那顆豬腦袋，想個辦法解決眼前的難題。

　　「喲！你不知道這是現在最流行的口味啊？嗯⋯⋯叫——叫『黑胡椒牛奶』，暢銷得很哪。」阿豪故意把「黑胡椒牛奶」五個字說得像是無價之寶似的。

　　「黑胡椒牛奶？沒聽過！」黑羚羊又咳了一聲。「聽起來真刺激。夠帥！」

　　就這樣，新奇怪異的「黑胡椒牛奶」，被黑羚羊一宣傳，成了「進來涼冰果店」的招牌飲料。

　　「什麼？你還沒喝過『黑胡椒牛奶』？太落伍了吧！」現在，大家全這麼說。

　　阿豪沒料到自己的迷糊，反而帶來好運。「黑胡椒牛奶」乘機漲價，一杯兩百元。奇怪的是，價錢越貴，生意越好。

黑胡椒牛奶

如果哪家主人想請客，想耍派頭，非得到「進來涼」不可。那裡，才有最時髦、最高級的飲料。大家都說：「這種新鮮獨特的口味，才足以顯示我們的不平凡。」

阿豪的店，再多灰塵、蒼蠅，也全給川流不息的客人們趕跑了。這下子，倒省了阿豪不少力氣，所以，他有時間發明別的產品。

「麻辣香蕉船」，一份三百元。

「紅燒蘋果派」，每客兩百五十元。

「特別苦檸檬汁」，一杯一百元。

「黑白紅茶」，每份三百元。

其實，阿豪開發新產品的方法很簡單，只要閉上眼睛，抓到什麼調味罐就加什麼料；再做幾個籤，寫上各式烹調法，抽到什麼就照樣調理。

「進來涼」的生意好得不得了。有時，前三天預約，還未必排得上呢！

阿豪忙得一對豬眼更瞇了，成天呵欠打個不停。當然，他越迷糊，調理出來的產品就越古怪，越受到歡迎。

這天，阿豪的弟弟妹妹們想給他一個驚喜……

「明天是咱們大哥生日。你們看他最近生意那麼好，

為我們三隻小豬全蓋了磚頭房子，我們該為他準備一份上好的禮物才是。」豬大弟說。

豬小妹提議：「他自己店裡的產品那麼受歡迎，價錢那麼貴，大哥卻捨不得自己嘗一嘗，真是沒道理。明天，咱們就準備一桌『進來涼全席』，讓大哥痛痛快快吃一頓。」

隔天，阿豪被蒙上了一塊眼罩，推到桌子前，坐了下來；大弟拿著刀，小妹持著叉，兩人一口一口餵他吃東西。

「來，這是本店特產：糖醋冰淇淋。」

「又硬又臭果凍。」

「喝一口黑胡椒牛奶。」

★ 黑胡椒牛奶 ★

突然，阿豪慘叫一聲，哇啦哇啦吐了一地。「怎麼有這麼難吃的東西。」

「進來涼冰果店」又關起門來了。

那天，黑羚羊跟白羚羊走過店門口，詫異的問：「老闆又賴床，爬不起來啦？」

阿豪是真的爬不起來了，他正躺在醫院腸胃科的急診室裡，可憐兮兮的打點滴哩。

——原載一九九四年九月天衛文化版《綠綠公主》

Fairy Tale

Part.07

冰糖
愛上方糖

為什麼一塊冰糖會愛上一顆方糖？沒人知道。愛情是沒有道理的。

冰糖先生決定挺起胸、昂起頭，帶了一朵清晨的玫瑰去方糖家拜訪。

方糖小姐靜靜的坐在屋子裡，心裡「砰咚，砰咚」跳得好急。她也喜歡冰糖先生，可是，她知道爸爸媽媽討厭冰糖家族。

方糖老爸說：「冰糖長得那副怪樣子，尖頭尖腦，真是難看。」

方糖老媽也說：「這麼不體面的人，怎麼配得上我們？咱們家哪一個不是方方正正、細皮白肉的。」

冰糖長得既不方也不正，和方糖站在一起，更顯得怪里怪氣。最叫方糖老爸生氣的是：「叫他去修剪修剪，整型美容，好跟我們一樣端莊方正，他就是不聽。」

方糖老媽重重的哼了一聲：

「瞧他渾身硬不隆咚的，

脾氣一定很倔。

咱們女兒

冰糖愛上方糖

若跟了他，豈不是要天天受苦？」

方糖小姐不敢說些什麼，心裡好難過。

幾天前，本來住在客廳的冰糖先生來到廚房，和住在廚房第一層架子上的方糖小姐聊了幾句，沒想到聊得好投機，兩個人聊到不想分離。冰糖先生說話時，又細聲又溫柔，根本就不像他外表那樣的硬邦邦。

至於他的長相，冰糖先生說：「我生來就是這樣，這是沒辦法的事。再說，幹麼一定得跟你們家的人長得一樣呢？」

方糖小姐也覺得冰糖先生長得很有特色，是個獨一無二的白馬王子。可是，爸爸媽媽說什麼也不會答應的。他們的想法就跟他們的腦袋一樣，方方正正，絕不可能妥協。

看吧，他們把冰糖先生帶來的玫瑰花丟在桌上，冷冷的拒絕：「對不起，我們想想，總覺得冰糖和方糖是『門不當戶不對』的，請不要再來找我家女兒。」

冰糖先生垂頭喪氣的走了。

過了兩天，冰糖和方糖又在廚房碰面了。

「我真想你。」冰糖說。

「我也是。」方糖也說。

於是，不管三七二十一，冰糖和方糖決定一起離家出走。

他們用力蹦呀跳呀，終於從廚房的窗口逃出去，兩個人一塊兒落在院子裡的野餐桌上。

男主人和女主人正坐在野餐桌邊，準備喝咖啡。

「唉呀，這麼巧，我正嫌咖啡太苦，想多加點糖哩。」女主人撿起冰糖先生和方糖小姐，把他們一起放進熱騰騰的咖啡裡。

男主人提醒她：「喂，這是冰糖和方糖喔。加在一起，味道會不會不一樣？」

女主人笑著說：「還不都是糖？一樣的甜。」

冰糖先生和方糖小姐在咖啡杯裡結婚了，他們緊緊的抱在一起。最後，融合為一體了。

女主人嘗了一口，滿意的說：「嗯，真是甜蜜。」

——原載一九九四年九月天衛文化版《綠綠公主》

冰糖愛上方糖

Part.08

大紅蘋果
高高掛

Fairy Tale

油綠的草地上，有一片蘋果林；每一顆蘋果樹上都結滿了又香又大的紅蘋果。

　　紅色的蘋果在金色陽光下，十分開心的笑著；再過不久，他們全都要離開媽媽，各自展開旅程了。

　　大姊看著自己身上紅豔的皮膚，驕傲的宣布：「我猜，主人會把我送進總統府，當作最尊貴的禮品呈獻給貴賓。」

　　二姊也不甘示弱：「我應該是住到最豪華的套房，鋪著柔軟的綢緞，用上等的硬紙盒托著，坐著輪船，到國外去留學才對。」

　　姊妹們爭先恐後一一述說自己未來的美景，有的人認為自己將是結婚喜宴上，最引人注目的焦點；有的說會成為超市水果架上的女主角；更有人預測，會有獨具慧眼的人找她拍電影、拍寫真集。

　　蘋果樹媽媽笑瞇瞇望著這群令人心滿意足的寶貝們；她們是那麼美，全身散發出成熟的芳香，多麼討人喜歡。不管哪一個，將來一定全都會有一番作為。

　　「寶貝們！」媽媽清清喉嚨，要大家仔細聽她說話。「還記得我常告訴你們的，有關咱們祖先的事蹟嗎？」

大姊搶著回答：「當然記得，您教我們要『立志作大事，不要做大官。』」

　　「是啊。」媽媽用嚴肅的口氣再一次訓示紅蘋果們。「當年，有個貪做大官的紅蘋果，使盡魅力，想法子進到白雪公主後娘的皇宮去，以為從此可以官運亨通，享受榮華富貴；誰料到，原來那位邪惡的老巫婆是要利用她來害白雪公主。她被注射了毒液，成了一顆毒蘋果。」

　　大家全都瞪大眼睛，專心的往下聽，這是她們最愛聽的歷史故事之一。

　　媽媽繼續說：「白雪公主上了當，咬了一口毒蘋果，便昏死過去了。哎，從此那顆毒蘋果便受盡眾人的唾棄，直到現在，還會有人咒罵她哩。真是『遺臭萬年』。她的媽媽氣得當年一夜之間就變枯萎了。」

　　二姊看到大夥兒都低下頭來嘆氣，便提醒媽媽：「您說個開心點兒的，否則我們都覺得心裡頭悶悶的。」

　　媽媽趕緊露出笑臉：「哎呀，寶貝們，別擔心。我們也有很了不起的祖先，比如：砸中牛頓腦袋瓜兒的蘋果，她就『萬古流芳』、『名垂千古』啊！」

　　「對了，前幾天我還在想，哪一天我遇到了個聰明

人，也往他頭上一撞，說不定也能讓他發現什麼真理呢！」老三興致勃勃的說。

「別傻了。」老四最愛跟老三抬槓。「說不定你砸到的那個人，正巧心情不好，又給你撞成腦震盪，還要你賠償哩！」

「也可能……」五妹也接著說：「那個人只會發現一個真理，那就是『下次不要再從蘋果樹下經過了。』」

「總之，」大姊擺出一副威嚴的樣子。「不是每個人的頭都可以砸的。」

姊妹們你一言我一語的，逗得媽媽笑得腰桿兒都快挺不直了。她連忙叫大家：「好啦！好啦！各位淑女們，保持你們高雅斯文的美姿吧。我想，憑你們這麼好的條件，一定都會有好前途的。」

「尤其是我，對不對？」突然，一個嬌滴滴的聲音接著媽媽的話說。大夥兒全都閉上嘴巴，嘴角一撇，露出又羨慕又嫉妒的表情。可不是嗎？說話的是小妹，上星期才得到全蘋果林的「最上鏡頭獎」；粉嫩的臉頰，光柔的肌膚，的確人見人愛；可就是太不知謙虛了，每個姊妹一談起她，心裡頭都有些酸溜溜的。

媽媽看著高掛在樹頂上的小妹，愛憐的說：「是啊，妳一定會最有出息。」

一星期過去了，採收的季節來了。成群的工人帶著籮筐，小心的用剪子將紅蘋果摘下來。

和媽媽分手，是一件叫人捨不得的事情；但是，一想到自己就要到外頭的花花世界去見世面，去大顯身手，大家還是毫不猶豫的和媽媽及姊妹們一一道別。

只有小妹有著不同的想法，她心裡暗暗分析：「不論到總統府、到國外，再如何豪華的場所，最後的結果還是被吃掉，那多乏味呀。」

她想做點不一樣的事，所以，當採收工人在媽媽身上尋找時，她便縮起身子，盡量藏呀藏呀，直往枝叢後躲。終於，工人採收完成，一籮又一籮的蘋果全被載走了。

蘋果林裡，現在是多麼的安靜，也多麼的寂寞啊！每個媽媽都沒精打彩的撐著空蕩蕩的身子，呆呆望著天空，有一句沒一句的聊著。

有人發現了高掛著的紅蘋果小妹，好奇的問：「怎麼？這妞兒沒人要嗎？」

「是她不要人。」紅蘋果媽媽趕緊解釋。「她想做番

轟轟烈烈的事，在『蘋果史』上留名哩！」

「在這麼偏僻的林子裡，能成什麼大事啊？」有人用懷疑的口氣問。

小妹嘟起嘴，臉兒高高翹著，不理睬人。

第二天，有一個小男孩走過樹下。他抬起頭大叫：「好紅好香的蘋果，我可以帶去參加校外教學。」

可是，小妹屁股翹得半天高，男孩墊起腳尖，怎麼樣也摘不到。

第三天，一個老人走過來，坐在樹下打瞌睡。小妹原本想仿效牛頓，往他頭上掉落下去，可是，一來這個老人不像會發明什麼偉大的見解，二來嘛，角度也不太對，掉下去只會砸到他的腳趾頭。小妹於是繼續高掛在樹上，想著怎麼做番大事。

媽媽開始擔心了，試著勸小妹：「再這樣下去，似乎不太可能有什麼成就的。說真的，妳根本沒離開過家，到外面闖天下，會失去很多好機會的。」

「可是──」小妹很不甘心。「我這麼甜美，這麼碩大，這麼芳香，汁兒又多，應該有人懂得欣賞我，把我送到最華麗的宴會上展示；或者，帶我到電影城中去拍片

啊，我會是最搶眼的模特兒。」

媽媽建議她用力掙開自己的懷抱，滾下來，想法子到處去試試機運。

小妹不聽，她仍然高高掛著，等待有人以尊貴的待遇來聘請她去當女主角。

可是，山上再沒有人來了。小妹越來越心慌，常常難過了一晚上，隔天滿臉淚痕的醒來。

她的味道開始有些兒不一樣了，手腳也漸漸覺得抓不住媽媽了。

「寶貝，你快離開媽媽了。哎！真希望有人──任何人都好，趕緊把妳採了去。現在的妳，依然還能做成蘋果醬、蘋果派。再遲的話，便什麼也做不成了。」

小妹有點後悔沒當成總統府裡的禮品、沒到國外開眼界，甚至，當小男孩校外教學的點心都好。

她終於抓不牢媽媽，一屁股摔進爛泥裡，全身裂得不成樣兒了。

媽媽好心疼，嘆口氣說：「這孩子，就是掛得太高了，一開始就是！」

──原載一九九四年九月天衛文化版《綠綠公主》

Part.09

一個國王
的故事

我是個童話作家，我的任務是說好聽的故事：

從前從前，有個國王，他和美麗的王后，生下一個可愛的公主……

忽然間，不曉得從哪兒冒出來的，真的有個戴著王冠的國王在我面前出現了。只見他腳穿溜冰鞋，汗流浹背，氣喘不已的嚷著：「等一等，等一等，國王來了！」

我連忙向他解釋：「恐怕有些誤會，這個故事是關於一個公主……」

話還沒說完，國王就生氣的跺著腳，然後，從口袋裡拿出一張白紙，遞給我，上面寫了三個字：

抗議書

「我不是一個自私的人。」他站得挺直，很有國王的威嚴。「只不過由古至今，一直到你這個故事為止，從來就沒有一個故事是專講國王的，要有，也是個不穿衣服的笨蛋國王；老是王后啊，公主啊，頂多在故事開始和結束時，讓我出來亮一下相。你說，這公平嗎？」

國王說得有些激動了：「當然，用『會溜冰的國王』做故事主題的，更是沒有！沒有！沒有！」

「王后很美麗，公主也很可愛。可是，會溜冰的國王

也不賴啊。」他看著我，大聲說：「你評評理！」

老實說，我對這件事沒有意見。我只是個說故事的人嘛，只要有意思，什麼故事我都願意說。眼前這位傷心的國王看起來是有點兒意思。

「好，我就說個『會溜冰的國王』吧。」

各位朋友，現在，讓我開始說故事吧：

從前從前，有個國王，溜冰的技術真不得了，他會溜到東、溜到西、溜到南、溜到北……

「你別瞎說！」國王打斷我的話。「溜冰是一門高深的藝術，不是隨便溜來溜去。」

我只好招認：「關於溜冰，我是門外漢；我根本不會說這個故事。」

國王拍拍胸脯：「簡單，你來編，我在一旁補充。」

「嗯，好吧。」

國王每天穿著溜冰鞋，在王國內滑過來溜過去。因為如此，王宮內就不需要駕馬車的人，也不需要養馬的人、洗車的人。這些人，通通換工作了，改當修路的人、做輪子的人、保養溜冰鞋的人、陪國王溜冰的人……

「停！停！」國王又打斷我的故事：「你忘了，這個

故事是要以我為主角，扯這些人做什麼？」

我點點頭，表示懂了：「好。讓我們來看看國王做些什麼……」

國王「一個人」像一陣輕快的風，每天在大街小巷穿梭。他滑過原野，看看稻子和甘蔗長得多好哇！他溜過海邊，巡視歸來的漁船，是不是有豐富的收穫？他更愛順著斜坡，跟著放學的小朋友一起向下衝。小朋友快樂的喊著：「回家吃飯囉！」

「停！停！」國王大叫一聲。「我是挺喜歡小朋友的，不過，今天得以我為中心，別又扯遠了。」

好吧。

國王溜累了，也想趕快回家吃晚飯。他想到王宮裡香噴噴的雞腿飯，忍不住加快腳步。可是，一不留神，溜冰鞋卡住一顆小石子。「碰！咚！」一聲，他整個身子往前傾。

哎喲！國王摔得好疼，膝蓋上都流血了。他痛得一直哼呀哼呀。

太陽快下山了，成群的麻雀飛過天邊，鴿子也繞過屋頂不見了。國王痛得一直哼呀哼呀。

太陽終於下山了，一顆星星眨巴著眼睛，四周暗了下來。國王痛得一直哼呀哼呀……

「停！停！」國王又打斷我的故事。「就讓他這麼一直哼著嗎？怎麼不見有人來救他？」

我只好解釋：「你不是說要以你為中心，不准扯到別人嗎？」

國王搔搔腦袋，搖搖頭：「破例一次吧。流血過多可不好。」

後來，終於有個賣包子的經過這裡，一見到國王，立刻將他送回王宮。當然，也順便請他吃了三個包子。國王吃下包子，精神好多了。

回到王宮，他坐在床上，看著自己的膝蓋。膝蓋上的血已經凝固了，現在，得趕快消毒，然後擦藥、裹上紗布。國王坐在床上，看著膝蓋，再看看窗戶；看著地板，再看看天花板；看著桌子，再看看椅子……

「別再看了！快去叫醫生吧。順便吩咐侍從把洗澡水準備好。」這次國王忍不住自己「扯」到別人。

國王洗了個舒服的澡，覺得一天的煩惱都消除了。他走向餐廳，門一打開，立刻有香味撲鼻而來。滿桌的美

味正等著他呢。

　　他坐了下來，先喝一口葡萄酒，再嘗一片烤得香酥的麵包；然後是雞腿、菠菜、玉米濃湯、西瓜和冰淇淋。國王吃得十分滿足，很高興的轉過頭去，望望牆壁、望望吊燈、望望花盆……

　　「停！停！哪有人高興的時候，只會盯著牆壁呢？」國王再一次打斷我的故事。「還有，這麼多食物我哪裡吃得完？還不趕快找王后、公主一塊兒來吃。」

　　他提醒我：「你知不知道，我的王后高貴大方，公主白白嫩嫩，人見人愛。我最愛跟他們一起吃吃喝喝，飯後再到花園散步。你這是什麼無聊故事嘛，又沒王后又沒公主的。看來，你故事說得不怎麼高明哦。」

　　我只好恭恭敬敬的向他說聲「對不起」，並謝謝他：「還好有你幫我補充，終於讓這個故事有個完美的結局。」

　　國王點點頭：「大致上，這個故事我還能接受，下次你別忘了對別人說一說。記住，要以『會溜冰的國王』當主角。」

　　他收回了我手中的「抗議書」，帶著滿意的表情「溜」回去了。

Part.10

吃蛋糕的方法

Fairy Tale

第一種

小貓咪咪的媽媽烘了一個蛋糕，一個很漂亮的蛋糕。米白色的奶油上，鋪了一圈紅色的草莓，一圈金黃的水蜜桃；當然，正中央還有一朵淺紫色的玫瑰花。

咪咪看著桌上的蛋糕，口水差點兒流出來。她深深的吸了一口氣，問媽媽：「我可以吃嗎？」

「就是給妳吃的呀。」媽媽笑了，切下一大塊蛋糕，遞給咪咪。

咪咪小心的端著蛋糕，走到院子裡。

小狗灣灣正好走過院子，聞到香味，忍不住探頭進來，讚美著：「真是漂亮的蛋糕。」

咪咪說：「是啊，我正準備吃呢。」

灣灣點點頭，告訴咪咪：「妳知道嗎？吃蛋糕時，如果再加上一杯熱騰騰的紅茶，才叫世間美味哩。」

咪咪趕緊泡了杯紅茶，坐在院子裡，一口蛋糕、一口紅茶的享受起來。

過了三天，咪咪的媽媽又烘了個蛋糕，這次是全麥麵粉加上核桃。蛋糕拿出來時，咪咪的口水都快滴到衣服

上了。

　　咪咪一手拿著蛋糕，一手端杯紅茶，坐在院子裡。才喝一口茶，灣灣走過來了。

　　「哇！香噴噴的蛋糕。真應該加上美妙的音樂，閉上眼睛，慢慢的吃，靜靜的欣賞。」灣灣又提出建議。

　　真是好主意，咪咪立刻打開收音機。

　　又過了三天，咪咪的媽媽烘了個巧克力蛋糕。這一次，咪咪的口水把裙角都給滴溼了。

　　咪咪打開收音機，傳出來的是一陣陣優美的鋼琴聲，演奏的正是咪咪最愛聽的「圓舞曲」。當然，院子裡白色的茶几上，已經放著一杯熱騰騰的紅茶。咪咪心滿意足的坐下來，把蛋糕送進嘴裡。

　　「嘿，又在吃蛋糕了。」灣灣笑嘻嘻的靠在圍牆上，探頭進來。「妳知道嗎？吃巧克力蛋糕一定要記得一件事：擺一盆鮮花在旁邊。花香加上巧克力香，會讓妳忘掉所有的煩惱。」

　　「你真聰明，謝謝你。」咪咪把屋子裡那盆鬱金香拿出來。紅茶、蛋糕、鋼琴、鬱金香，真是絕佳的搭配。

　　「好好享用吧，再見。」灣灣揮揮手走了。

　　咪咪坐下來，喝了一口茶，吃一口蛋糕，伸手把收音機的音量調小了些。她又彎下身來聞一聞鬱金香，抬起頭來看看藍天。

　　藍天裡只有一朵白雲，動也不動的停在那裡，好像並不準備到哪兒去。

　　咪咪覺得蛋糕好像有點兒太甜──還是太軟？

　　三天過後，咪咪上灣灣家去，邀請他一塊兒到院子裡坐一坐。

　　白色的茶几上，有兩杯熱騰騰的紅茶，兩盤橘子蜂

蜜蛋糕，一大盆粉紅色的荷花。收音機裡，正傳出鋼琴與小提琴的協奏曲。

咪咪和灣灣坐下來，一邊吃蛋糕，一邊喝紅茶。熱騰騰的紅茶冒著淡白淡白的煙，烘得他們的鼻子好暖。

天空中，兩朵白雲慢慢的往遠方飄去。

他們面對面，笑了笑。

灣灣說：「妳知道世界上什麼蛋糕最好吃嗎？」

咪咪眨眨眼睛，笑著回答：「我當然知道。」

第二種

斑馬阿奇走過蛋糕店，不敢相信自己看到了什麼。

「巧克力蛋糕、小藍莓蛋糕、芋頭蛋糕、黑森林蛋糕……」天哪！世界上居然有這麼漂亮的東西。

別人告訴他，蛋糕不僅好看，而且好吃得很。只不過，阿奇摸摸口袋，裡面只有一塊錢。

櫥窗裡，每一塊切成三角形的蛋糕，標價都是三十元。

「總有一天，我會嘗到蛋糕的滋味。」阿奇心裡想。

機會來了，阿奇的鄰居河馬大哥結婚那天，客廳就

擺著一個大蛋糕。

阿奇好興奮，站在離蛋糕很近的櫃子旁，一直盯著蛋糕瞧。

當大家都走到屋子外面，準備拍一張大合照時，阿奇趕緊利用機會，以最快的速度，用手指挖了一大團蛋糕，然後偷偷溜回家。

他把房間鎖起來，張開嘴巴，一下子就把蛋糕塞進去，連嚼都沒有嚼，便吞下去了。

蛋糕是什麼滋味呢？他不知道，只知道心口「砰通砰通」跳得好急，喉嚨好乾，趕快灌下一大杯開水。

第二次機會又來了。

姑媽從森林的那一頭來拜訪他們。阿奇直向姑媽撒嬌，要她帶自己到街上玩一玩。

走到街上，阿奇拉著姑媽的裙角，急急忙忙往蛋糕店跑。

「別慌！別慌！」姑媽喘著氣，停下來歇一歇腳。

阿奇卻嘟著嘴，不高興的說：「快點兒啦！我要妳買一塊蛋糕給我。」

「好，好。」姑媽推了推眼鏡，從皮包裡拿出三十塊

錢，遞給阿奇。「我走不動了，你自己去買吧。」

阿奇歡呼一聲：「哇，萬歲！」就轉身跑了。

姑媽搖搖頭，揹起皮包，慢慢的往回走。

阿奇挑了一份「櫻桃蛋糕」，站在路邊，大口大口的吃。才沒幾口，便吃完了。

阿奇回家後，姑媽不在了。她留下三十塊錢和一封信給阿奇。

「我可能要很久才會再來。你想吃蛋糕時，自己去買一塊吧。對了，今天忘了聽你唱歌，真對不起。」

阿奇看著窗外，姑媽的家在很遠很遠，森林的那一邊。以前，他總是唱歌給姑媽聽，姑媽會瞇著老花眼，跟著歌聲輕輕打拍子，偶爾也會合唱一兩句。

今天只顧著要吃蛋糕，忘了唱歌。剛才的蛋糕是什麼滋味呢？記不太清楚了，好像很甜吧。

放暑假的時候，阿奇到鄰居河馬哥哥家幫忙，修剪院子的草坪。每天可以賺到三塊錢。

十天後，阿奇有了三十塊錢，加上姑媽給的，一共是六十塊錢。

他走到蛋糕店，挑了兩塊「水蜜桃蛋糕」，請老闆小心的放在盒子裡；然後，出發去拜訪姑媽。

姑媽見到他，高興極了。她泡了兩杯冰涼的檸檬茶，和阿奇坐在小花園裡，一面欣賞鳶尾花，一面吃蛋糕、喝茶。

「你知道嗎，我從來沒有吃過這麼好吃的蛋糕。」姑媽開心的說。

阿奇也是這麼想。

Fairy Tale

Part.11

鱷魚太太們
的夏天

當鱷魚先生看到鱷魚太太回到家，手上提的菜籃裡，又是青菜和水果時，不禁大吼一聲：「怎麼搞的？我已經連續兩天沒有吃到肉了呀！」

　　鱷魚太太可不管，她瞪了氣呼呼的鱷魚先生一眼，哼了句：「吃不吃，隨便你。」跟著又加上一句：「晚餐是生菜沙拉和涼拌小黃瓜。」

　　鱷魚先生聽了，差點兒頭冒金星，昏倒在地；他想起了肥滋滋的鹿肉，想起了香噴噴的羊腿，忍不住吞了吞口水：「難道最近動物都絕種了？」

　　「你怎麼不去照照鏡子？」鱷魚太太不回答，只是看了看鱷魚先生一眼，露出不可思議的表情。「世界上有你這麼醜的鱷魚嗎？」

　　鱷魚先生咧開大嘴，笑著說：「鄰居們可不是這麼說的。他們全誇讚我們長了一對夫妻臉，是天生的絕配哩。」

　　鱷魚太太厭惡的撇撇嘴：「天哪！我可不願意像你。從明天起，早餐、午餐、晚餐、點心、宵夜，通通改吃生菜。」她想了想，又補上一句：「還要多吞幾顆石頭，好把肚子裡的油脂磨一磨。」

鱷魚先生簡直氣壞了，他轉身從書架上取了幾本書：《動物百科》《爬蟲類的食物》《鱷魚食譜》，鄭重的打開來，指著書上的字句：「親愛的老婆，請妳看看書上寫的，咱們鱷魚哪能吃素呢？妳瞧，我們的食物，該是鹿肉、羊腿、斑馬⋯⋯」

　　話還沒說完，鱷魚太太就瞪大眼睛吼著：「別提別提，噁心死了。」

　　她也不甘示弱，從菜籃裡取出一本厚厚的書，一頁頁翻給鱷魚先生看。

　　「這是什麼玩意兒？光溜溜、滑嫩嫩的，看起來很好吃。」鱷魚先生邊看邊點頭。「是最新的菜單嗎？」

　　鱷魚太太嘆了口氣：「我就知道你沒知識。這是一本畫冊，是世界上有名畫家的傑作。你仔細看，上面全是人體畫，連一張鱷魚都沒有。」

　　「人？」鱷魚先生又吞了吞口水。「人肉真是鮮美無比⋯⋯」

　　「別成天只想著吃。哪，畫家們都喜歡畫人──尤其是女人，她們光滑的皮膚多美啊。難怪畢卡索、雷諾瓦都畫女人，不畫鱷魚。」鱷魚太太又嘆了一口氣。

「我們活著真沒意思啊。」

她拍了拍自己的臉頰：「今天起，我要想辦法改造自己。第一步，絕不碰肉類，只吃蔬菜水果。」

她咧開大嘴，想起白天與其他鱷魚姊妹們的神祕聚會。

是呀，就在三天前，她們經過市場時，看到森林裡那一棟白色的房子，全都好奇的爬過去瞧個究竟。

房子上掛著好大一塊招牌，上面就是寫著：「美女美容中心」；底下還有一排小字：「做自己的最佳女主角」。

她們被一個笑瞇瞇的「人」——個非常適合做成生肉片、沾上海苔醬吃的女人，迎進屋裡去。那個女人自稱名叫「美女」，好像已經看穿她們在想什麼，開口便說：「我知道妳們不會把我抓去當生肉片吃的，妳們不會這麼笨。」

誰都不想成為笨蛋；短吻鱷太太眨巴一下眼睛：「我們才不笨，只是有點兒蠢。」

她很高興說了句漂亮話，而且念起來很順。

美女又笑了笑，然後拿出一面大鏡子，在鱷魚太太

們眼前晃了又晃：「看看妳們自己，看看妳那個大肚皮。」

　　她們全低下頭看著自己的肚皮，搞不清楚發生什麼事。

　　美女嘆了好大一口氣：「唉，妳們真是可憐極了。」

　　接著，她就從書架上取出一本厚厚的書，就是那本世界知名的畫冊，給鱷魚太太們上了寶貴的一課。

　　她滔滔不絕的說著，還拿出一大疊時髦的雜誌供大家觀賞；話題內容全圍繞在一個主題上：「為什麼大家都不選鱷魚太太當封面女郎？」

　　「為什麼？」美女很嚴肅的問。

　　鱷魚太太們全不明白。

　　美女繼續指導：「因為妳們有『雙粗』：腰太粗，皮膚也太粗。」不過，她安慰大家：「別難過，只要依照我的指示，保證讓大家徹底改變，煥然一新。」

　　像做夢似的，鱷魚太太們全在那個夏日午後，從鱷魚潭的倒影中，看到未來的自己：光滑的肌膚，柔柔亮亮、閃閃動人；還有美妙的身材，會讓所有的畫家，爭先恐後求她們露出「鱷魚的微笑」，當他們下一幅畫的女主角。

美容課程的第一章，就是改吃素。「吃肉長肉」這個道理三歲鱷魚都懂，難道鱷魚太太們嫌自己的水桶腰還不夠粗嗎？一切油脂類都該禁止。

這就是造成鱷魚先生們唉聲嘆氣的原因。

其實鱷魚太太們挺沒信心，自己那一身皮膚還有救嗎？那一身滿是硬疙瘩、醜不拉嘰的皮膚，簡直令她們煩惱透了。

美女拍拍她們的頭，安慰大家：「這可難不倒我，『美容中心』的招牌不是輕易掛的。這樣吧，只要妳們簽了『同意書』，我就想辦法幫大家。」

鱷魚太太們沒有名字，也不會寫字，只好用手沾了印泥，在同意書上蓋上一個大大的爪印。

美女笑容滿面的把同意書收起來，然後帶領大家到森林的另一頭去，那兒有一潭灰黑色的泥沼。

「這是泥巴浴，會讓妳的毛細孔變細。」

接著，還有溫泉「三溫暖」，可讓皮膚更緊繃、更有彈性。

至於如何讓圓滾滾的身材，變成葫蘆形的俏模樣，美女也有一套完整的計畫。

她發給每位太太一條如假包換的「蟒蛇瘦身帶」，吩咐她們整天將牠繫在腰上。蟒蛇會用力的勒緊鱷魚太太的肚皮，保證她們的腰圍會一天天變細。

美女還有減肥絕招，她叫鱷魚太太們兩人一組，互相踩對方的肚子。

「別客氣，用力的踏，把那些可惡的贅肉踩扁。這招是『踩扁肚皮法』。」

只有一個問題：誰都不願意跟河口鱷太太同一組，於是，她只好用石頭砸自己的腰。

整個夏天，鱷魚太太們就這樣成天綁著蟒蛇腰帶，在泥漿裡打滾，在森林裡慢跑。三個月後，大家都覺得自己脫胎換骨了。

夏天快過去了，葉子開始發黃、變紅，清晨的氣溫越來越冷。當第一道秋風吹拂過樹梢，一片枯葉輕飄飄的掉下來，正好落在短吻鱷太太的頭頂上。

「唉。」美容中心的廣場上，鱷魚太太們全嘆了好大一口氣。

「別擔心嘛！」美女在一旁為她們打氣。

不過，她的表情，比較像
是「真叫人擔心。」

　　鏡子前，鱷
魚太太們愁眉不
展的排排站著。

　　「三個月了，咱們的皮膚還是跟樹皮一樣，又黑又
粗。」長吻鱷太太說。

　　「我們已經試過泥漿浴、海藻粉，也許再試試火山岩
磨砂膏……」美女建議。

　　「唉！沒有用的。」大夥兒一起搖著頭。

　　「還有一種方法……」美女想了想，小聲的說。「可
是恐怕妳們不願意。」

　　大家一聽，精神都來了，連忙豎起耳朵聽個清楚。

　　「換一膚一手一術。」美女一字一句慢慢說，又加上
解釋。「就是把不想要的皮膚去掉，換一層理想的皮膚。」

　　「我要！」大家都露出開心表情。

　　「我正好認識兩位美容醫師，可以為大家安排，效果
好得很。明天就來進行吧。」

　　鱷魚太太們興奮的回家了。

夜晚，鱷魚先生們卻聚在潭的另一邊，進行祕密活動。

原來長吻鱷先生一向小心謹慎，早就調查出鱷魚太太們在美容中心的活動。

「咳，這些傻瓜整天減肥、做臉，大概想參加選美比賽吧！」

大家都笑得合不攏嘴──不過，他們的嘴本來也不容易合攏。

「應該勸她們停止了。想想看，鱷魚如果長得細皮嫩肉，還能叫鱷魚嗎？」

經由長吻鱷先生的提議，他們一致同意隔天到美容心中心去找美女談談。

隔天早上，鱷魚太太們帶著又期待又怕受傷害的心情，來到

「美女美容中心」。只見屋子裡燈火通明，有兩個穿白衣服的男人站在門口迎接她們。

「歡迎光臨，如果想做換膚手術，就直接上二樓，先做皮膚消毒。」其中一個人，笑著拍拍短吻鱷太太的肩。不知怎麼的，短吻鱷太太好像聽到他小聲的說：「真是上等的……」

高個子男人掏出一把長尺，在短吻鱷太太的身上比了又比。又低聲對美女說：「這次的鱷魚皮全是上等貨，可以大賺一筆囉。最棒的是，還有同意書，不怕動物協會來告。」

高個子男人拿起一把刀子，正要下手時，忽然聽見樓梯板響了起來，回頭一看，幾十隻鱷魚正緩緩的爬了上來。

他們全嚇呆了，刀子一扔，連忙從後門溜出去。鱷魚先生可沒有簽同意書的！

美容中心的招牌砸了、房子毀了。但是，鱷魚太太根本不相信老公的話。短吻鱷太太抱怨：「都是你們，害我當不了女主角。」

長吻鱷太太也說：「怎麼可能是拿我們的皮去做皮

鞋？穿在腳上誰看得見，做成皮包不是比較好嗎？」

　　長吻鱷先生搖搖頭：「唉，醜也就罷了，還笨。」

　　不管怎麼說，這個夏天，總是令鱷魚太太們難忘。

一直到現在，她們沒事還喜歡泡泡泥水澡哩。

Fairy Tale

Part.12

急性子的貓

這是一隻前所未有的貓，名字叫「阿快」，他的個性很急。「快一點兒，來不及了！」就是他的口頭禪。

打從他出生的那一刻起，他就成天急急忙忙、東奔西跑。

話說，阿快的媽媽一生下他，正打算餵他吃奶，阿快卻在地上打了幾個滾，說了句：「幫我打包，我帶到學校去喝。」然後，便揹著奶瓶衝到「貓咪小學」去了。

「快一點兒，來不及了。」阿快對那些在路上慢慢走的貓同學大呼小叫。可是，別的貓才不理他呢，大家都慢條斯理的踱著，有幾隻貓咪還和蝴蝶玩了一會兒，才眯著眼睛上學去。

阿快坐在教室裡，東張西望，只見貓老師還在操場圍牆上打盹。他忍不住跑過去叫醒老師：「快一點兒，來不及了。」老師張開一隻眼睛，不高興的說：「我的白日夢才做一半，別吵。」閉上眼睛，又呼呼大睡了。

急性子的阿快自己拿出課本，準備給自己上課。可是他一個字也看不懂，只好看著圖片亂猜一通。

「嗯，課本上畫了一條河，河裡有一條魚。我懂了，一定是教我們到河裡洗澡的時候，要用魚來刷身

體。」

　　他連忙衝到河邊，「噗通」一聲，跳下水去。這下子，他可慘啦，嗆得他難過極了。還好，正在河邊釣魚的貓叔叔趕緊將他拉上岸來。

　　貓叔叔問他：「年紀輕輕的，為什麼要跳河呢？」

　　阿快回答：「我只想洗澡啊。」

　　貓叔叔搖了搖頭：「洗澡？你只要舔一舔就行啦，難道老師沒教你？」

　　阿快才想到，應該回學校上課去。他一邊喊：「快一點兒，來不及了。」一邊連跑帶滾的衝回學校。

　　貓老師正在上國語課：「大白狗，喜歡追在貓後頭⋯⋯」

　　阿快一聽，點點頭說：「我懂了，要玩捉迷藏就得找大白狗。」於是，便又匆匆忙忙的衝回家裡。

　　媽媽正在院子裡做日光浴，懶洋洋的問他：「今天怎麼這麼早就放學？」

　　阿快說：「老師還在講課，但是講得太慢了。我反正已經聽到重點，可以畢業了。」

　　說完，就衝到馬路上，準備和大白狗玩捉迷藏。

只是，他又看見更吸引他的東西，一隻小老鼠正在垃圾桶裡吃巧克力。

阿快說：「你吃東西的樣子很帥，嘴巴動得那麼快，一定很有本事。要不要和我去找大白狗玩？」

急性子的貓

小老鼠害怕得瞪大眼睛，一面後退，一面好奇的問：「你不會吃我吧。你有法術嗎？居然不怕狗。」

「我應該怕狗呀？老師怎麼不直接說。」阿快覺得老師的教法有問題，幹麼文謅謅的念什麼「大白狗，喜歡追在貓後頭」，應該直接教訓大家：「大白狗，會抓貓。」才對。阿快受不了慢吞吞的國語課。

小老鼠壯起膽子指點阿快：「只要是貓，見到狗兒就得快跑。狗是貓天生的敵人。」當然，他沒有說出「貓是老鼠天生的敵人」這一句。

這時，一隻大白狗朝他們走過來了。阿快急忙向後轉，一邊說：「快一點兒，來不及了。」一邊跑回家去。

阿快待在家裡，一會兒翻抽屜找毛線球玩，一下子

又衝到院子裡踢石頭。媽媽嘆口氣說：「你成天坐不住，怎麼辦才好？」

晚飯時間到了，媽媽給大家準備了魚拌飯。阿快直說：「快一點兒，來不及了。」一口就將整條魚吞了下去。

「哇！好疼。」大魚卡在阿快的喉嚨裡。

媽媽拿把夾子，叫阿快張開嘴，想將魚挾出來。阿快卻嫌媽媽動作太慢，他衝到叔叔家，叫叔叔用釣魚竿趕快把那條魚再釣出來。

貓叔叔才剛準備好釣竿，阿快卻又忍不住，衝到河邊，大聲叫：「魚爸爸，你的孩子在我喉嚨裡，快叫他出來。」

魚爸爸才跳出水面，阿快又衝到棒球場，對一個超級王牌投手求救：「麻煩你對準我的嘴巴，投一個快速球。」果然，投手的球很準，一下子就打中喉嚨裡的魚，把他給打進阿快的肚子裡。

貓媽媽很煩惱，他說：「阿快的性子這麼急，該替他找個工作，訓練訓練，看看能不能讓他穩重些。」

他拜託開餐廳的雞媽媽，讓阿快去打工。阿快很高

興的穿上漂亮的禮服，在餐廳當服務生。

　　餐廳裡，客人慢慢的吃著高級大餐。他們用刀子和叉子小心的切一片肉，再用優雅的姿態送進嘴裡。

　　阿快看得火冒三丈，他想：「這些人吃東西慢吞吞的，得吃到哪一年哪一月呀！」

　　急性子的阿快於是走了過去，一把將客人的盤子搶了過來，三兩口就吞了下去。還說：「吃快一點兒，來不及了。」

　　雞媽媽看了，氣得全身起雞皮疙瘩。他告訴阿快：「明天起——不，就從現在起，你不必來上班啦。」

　　貓媽媽又替阿快找了另外一個工作：當公共汽車的司機。媽媽說：「你的動作快，開車應該適合你。不過，要注意交通安全，別闖禍嘍。」

　　阿快穿上司機制服，神氣的開著公共汽車，準備出發去載乘客。

　　他在大馬路上用最快的速度往前衝，一面開一面說：「快一點兒，來不及了。」每當站牌前有人對他招手，他就告訴自己：「如果我每一站都停下來，等他們上車、下車。天哪，那得開到哪一年哪一月呀！」

急性子的貓

所以，阿快在大街小巷繞了一圈，車上還是空的。他回到公車總站，只見老闆山羊先生，氣呼呼的吹鬍子瞪眼，大罵：「所有的乘客都打電話來抗議，說你過站不停。你是什麼意思，你以為你是賽車選手嗎？」

　　這倒給貓媽媽一個新的靈感，他替阿快報名參加「一級方程式全國跑車大賽」，並且給阿快打氣：「只要你用最快速度往前衝，就能得到第一名。這不是很過癮嗎？」

　　阿快坐在跑車裡，聽到裁判先生的槍聲一響，就像屁股著了火似的衝了出去。

　　媽媽在觀眾席上看到了，差一點兒氣得昏倒。原來，急性子的阿快根本沒看清楚指標，朝相反方向開；別的選手都順著比賽指定的跑道開，只有阿快一部車往森林裡快速的衝。

　　阿快在密密的林子裡橫衝直撞，不久，汽油就用完了。他只好停下來，還安慰自己：「沒關係，到現在為止，沒有一部車子追得上我。」

　　他準備去找點兒水喝，一不小心，踢到一塊硬不隆冬的東西，痛得他哇哇大叫。

忽然，他聽到一個從來沒有聽過，像仙女一樣甜美的聲音在說：「是誰？」

忽然，他又看見一個從來沒有看過，像仙女一樣可愛的臉龐，對他微笑。

那是住在森林裡的烏龜小姐。

阿快不知道為什麼，手腳突然發軟，講起話來也口齒不清了。他結結巴巴的說：「我是……我叫阿……阿快，是賽賽賽……賽車選手。」

烏龜小姐慢慢的挪動身體，阿快覺得她走路的樣子美極了。烏龜小姐細聲細氣的說：「我最討厭賽車了，開那麼快做什麼？」

阿快也說：「對，對，沒事開那麼快，簡直無聊。」

那天，阿快和烏龜小姐聊了一個下午，又交換電話號碼。阿快答應，以後天天來找烏龜小姐玩。

從那一天起，大家驚訝的發現，急性子的阿快，現在變得慢吞吞的，走一步，停三秒。還喜歡趴在陽光下，傻乎乎的笑哩。

Part.13

雪人不要哭

Fairy Tale

好冷好冷的冬天，高高的山上，下起雪來了。

白色的雪越下越多，地上好像鋪上一層厚厚的白色地毯。

許多小孩開心的打雪仗、丟雪球；當然，還要堆一個胖胖的雪人。

他們替雪人裝上鼻子、眼睛、嘴巴，雪人真好看。

有個小女孩，把一朵金黃色的向日葵插在雪人的胸膛上。遠遠看過去，雪人像是有一顆金色的心。

後來，孩子們玩累了，和爸爸媽媽下山回家了。高高的山上，只剩下雪人孤伶伶站著。

雪還在下著，風越吹越冷。

一棵小松樹彎下腰來，和雪人聊著天。

「你在想什麼？」

雪人說：「我在想，剛剛那些小孩真可愛。」

松樹點點頭：「是很可愛。」

雪人又說：「是他們把我堆

起來的，我真喜歡他們。」

　　他想了想，又說：「真想和他們一起玩。」

　　　松樹搖搖頭：「大家都走了，他們家
有好玩的玩具，不會記得你的。」

　　　風吹著，向日葵掉下來了。

雪人叫一聲：「我的心。」

松樹卻說：「不過是一朵塑膠花，別理它。」

「自己一個人，好孤單，我有點兒想哭。」雪人低聲
說。

　　松樹耳朵很尖，聽見了，連忙說：「那可不行，千
萬別哭。」

　　他輕輕拍了拍雪人：「眼淚是熱的，你一流淚，身
子就融化了。」

　　「我還是想哭。」雪人又小聲的說。

　　他真的哭了。因為他想起來，孩子們在的時候，大
家玩得多開心哪！可是，孩子不會記得他的。再過不久，
當春天來的時候，他會融化。到時候，連松樹也會忘了
他。

　　雪人的淚流下來，熱熱的淚流在臉上，雪人的臉越

來越小。

雪人想用手去擦掉眼淚，可是手也被熱淚融化了。

松樹不說話了，他看著雪人被自己的眼淚一寸寸融化。雪人越來越矮，最後，只剩下地上一灘涼涼的水。

水，也很快又變成薄薄的冰。

春天來了，陽光照在冰雪上，曾經是雪人的冰，現在化成了水，慢慢往山底下流。

雪人的水，最後流到很遠的地方，一片鬆軟的土地上。

不久，土地上長出一大片金黃色的向日葵。真正的向日葵。

雪人流進土裡，流進向日葵花瓣裡。

孩子們看到向日葵，快樂的喊：「真漂亮！」

小女孩喊得最大聲：「去年冬天，我曾經替一個雪

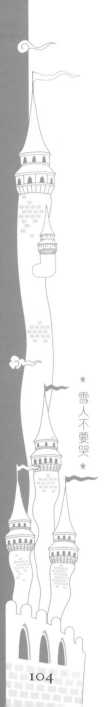

人戴上一朵向日葵。」

　雪人聽見了，雪人笑了。

——原載一九九五年十一月《國語日報》

★ 雪人不要哭 ★

Fairy Tale

Part.14

好準時
和不遲到

山頂上，有一個「好準時」國。

山腳下，有一個「不遲到」國。

「好準時」國和「不遲到」國各有一座很大的鐘。每天中午十二點整，鐘會同時敲響。

「哇，十二點整，我們的鐘好準時啊！」

「嗯，十二點整，咱們的鐘從來都不遲到。」

兩國的人民都很得意。

有一天，兩國的鐘沒有同時響，反而一前一後，相差一分鐘。

「好準時」國的人說：「看吧，『不遲到』國的鐘不準了。」

「不遲到」國的人也說：「你們瞧，『好準時』國的鐘出錯啦。」

兩國的人都認為對方的鐘有問題，誰也不讓誰；見了面，總是吵個不停。

「你們的鐘快了一分鐘。」

「才怪，明明是你們的鐘慢了一分鐘。」

他們越吵越生氣，你一言又我一語的，身邊的人也加進來繼續罵。於是，田園裡長出野草了，商店關門了，小豬餓得一直叫。

誰有時間工作呀？都忙著吵架呢。

最後，兩國的國王決定抱著時鐘去找「時間先生」，請他當裁判。

「時間先生」正在「永恆路」上慢慢散步呢，聽完兩國的爭吵，他笑了一笑。

「好，我來想辦法。」

他拿起兩個鐘，把一座撥快半分鐘，一座調慢三十秒。

「太好了，我們的鐘又準時了。」

「謝謝您，我國的人民再也不怕遲到了。」

「時間先生」不說話，他往前一步一步慢慢的，走著。

Part.15

樹想當樹

樹，一棵大樹，一棵又高又大的榕樹。

樹幹很高，樹枝很多，樹葉很密。

有一個小孩說：「這棵大樹，很像一隻大恐龍。」

不久，它就被修剪成一隻大恐龍。恐龍樹的爪子舉得很高，好像要把雲抓下來當糖吃。

又有人說：「它其實比較像一個跳舞的女孩子。」

所以，它又被修剪成另一個樣子。

女孩樹的裙子飄起來，好像跟風在跳舞。

一個老爺爺走過去，看了又看，說：「為什麼不把它改成一顆大圓球，又整齊又有精神。」

大圓球樹站得直直的，一動也不動。它是一個圓滾滾的衛兵。

過幾天，有一個媽媽想出新點子：「我覺得，它如果變成一棟小屋子，一定很有趣。」

小樹屋有許多房客。一顆不小心飛上去的羽毛球，一只路過的風箏。嗯，還有一團毛線球。

可是，最後市長決定：「我們來把樹剪成一把大陽傘，讓大家都在傘下休息。」

樹，一棵樹，一棵高高的榕樹。

一棵被修剪得整整齊齊好像一把大傘的沒有意見表達的樹。

樹不說話。

一年過去，樹枝長了，樹葉多了，樹又變成一棵大樹。

有人走過去，說：「你們看，這棵樹像不像一隻鸚鵡？」

大樹聽見了……

Fairy Tale

Part.16

阿扁三兄弟

三兄弟，扁頭扁肚皮，轉來又轉去，涼了別人，忙了自己。

　　只要聽到這首歌，便知道夏天來臨，又是阿扁三兄弟抖掉身上的灰塵，開始忙碌的季節了。

　　阿扁三兄弟住在電風扇裡面，長得扁頭扁腦，而且一模一樣，是標準的三胞胎。他們跟其他的電扇風葉最大的不同點，就是阿扁三兄弟特別愛動腦筋。

　　大扁、二扁、三扁三兄弟，從出生的第一天起，便互相勉勵，立下志向，希望憑著自己聰明的腦袋，闖出一番偉大的事業。

　　大扁說：「兄弟們，讓我們手牽手、心連心，改寫電扇的歷史。」

　　二扁也扁著一張嘴說：「不要讓別人把咱們看扁了。」

　　三扁提醒二哥：「咱們本來就是扁的。」

　　「扁人有扁福，不要這麼沒志氣。」大扁給兄弟們打氣，並且說出他的生涯規畫。

　　「首先，我們要到外面去遊歷，以增長見識。」

　　這個提案，獲得兄弟們的認可。

然而，他們的計畫在一秒鐘後立即破滅。他們驚訝的發現，自己被牢牢的固定在電扇軸上，哪兒也去不了。

　　「太可恨了，真是自古英雄多苦難。」大扁嘆了一口氣，對兩位兄弟說出他的第二套生涯規畫。

　　「既然不能去遊歷世界，咱們只好走一步，算一步，等待適當的時機，再好好大顯身手。」

　　不久，三兄弟便發現，他們根本無法走一步，算一步。只要電源一開，他們便得快速的往前轉，轉得自己頭昏腦脹，到底跑了幾步也搞不清楚。

　　他們又發現，自己忙得團團轉，累得氣喘噓噓，原來是要讓別人涼快；這簡直把三兄弟氣壞啦。

　　「沒道理！」二扁說。

　　「不公平！」三扁也氣憤的罵著。

　　大扁點點頭：「沒錯，咱們千萬別讓人佔便宜，以免辜負我們聰明的腦袋瓜。」

　　於是，他們用最快速度，寫了一首歌，就是故事開頭那一首，並且馬上榮獲「史上最會抱怨金曲獎」。

　　整天哼歌還不足以消氣，大扁終於想出了復仇大計。

「他們要涼快，我們偏偏不給涼快。」

「對，咱們跑得累歪了，憑什麼讓別人涼快？」

不過，儘管他們怎麼不願意，可是吹出來的風，永遠是涼的。那些打開電扇的人，站在三兄弟面前，總是一副心滿意足，清涼舒暢的快樂模樣，把三兄弟氣得咬牙切齒。

大扁發揮實驗精神，提出新構想：「我們一直往前轉，吹出來的風是涼的。如果咱們改個方向，不往前，往後轉，吹出來的風就會是相反的。」

「大哥英明，不愧是大哥。」二扁佩服極了，恨不得立刻往相反方向轉，來一場超級熱風，教訓教訓那些涼快舒服的人。

誰知道，這個計畫沒有成功。三兄弟奮力的往後轉，轉了半天，製造出來的風仍舊是涼的。瞧那吹電扇的人多開心哪！

「如果，我們一個往前，一個往後，一個不動，也許就能吹出熱風。」大扁又有新點子。

然而，這次非常不幸，不但沒有產生熱風，大扁和二扁還互撞到頭，疼得哇哇大叫。

阿扁三兄弟

「我真笨，應該想一些更高級的辦法。」大扁揉揉頭，繼續動腦筋。

他的最新妙點子就是「一肚子火Ａ計畫」。大扁解釋：「讓我們大吵一架，吵得越氣越好。想想看，只要咱們氣得一肚子火，吹出來的風一定怨氣沖天、酷熱逼人。」

於是，三兄弟開始絞盡腦汁，互相咒罵，以便達成效果。

大扁首先示範。他瞪大眼睛，凶巴巴的罵二扁：「你的臉上都是麻子。」

二扁也回敬一句：「你的鼻子長出喇叭花。」

三扁具有語言天賦，一口氣罵了兩個人：「大扁歪頭斜眼嘴巴缺一邊，二扁腿短手短天生不要臉。」最後還補充一句：「你們都沒有押韻，只有我會。」

大扁和二扁忍不住笑了出來：「罵人還得押韻？又不是演講比賽。」

二扁搖搖頭，覺得這個計畫不理想：「咱們從小就相親相愛，兄友弟恭，實在罵不出名堂來。」

大扁想了想，又提出他的「Ｂ計畫」，那就是——熱

情如火、絕地大反攻。

　　他瞇起眼睛，笑嘻嘻的說：「這個點子的靈感，是來自我以前寫的一首情歌。」

　　他清清喉嚨，當場表演這首準備參選「史上最肉麻金曲獎」的偉大歌曲。

　　「妳呀妳，讓我肚子咕嚕又咕嚕，讓我頭皮嘩啦又嘩啦，讓我牙齒滴滴又答答，讓我心口霹哩又啪啦。」

　　他同時說明，「霹哩又啪啦」就是大火燃燒的聲音，是心中「愛情的火燄」在熱烈燃燒。

　　「所以，我的最後絕招，就是──讓我們去談戀愛吧。只要咱們三兄弟愛得死去活來，熱情如火，保證到時熱得噴出火來，還怕吹不出熱風嗎？」

　　這個香噴噴、火辣辣的計畫，獲得熱烈的回響；二扁立刻摸了摸自己的扁頭，擺一個超級大帥哥的姿勢，熱切的問大哥：「咱們愛誰好呢？」

　　三扁表達意見：「當然要門當戶對，配得上咱們才行。」他瞄了瞄擺在牆邊的冰箱。

大扁瞪他一眼：「我知道你暗戀冰箱很久了，你不嫌她太胖了嗎？」

三扁激動的反駁：「那叫豐滿。」

「不行，冰箱塊頭太大，你罩不住。依我看，只有冷氣機小姐和扇子姑娘，才是咱們追求的對象。」大扁慎重的提出戀愛人選，並吩咐兄弟們開始進行。

他們先彬彬有禮的對牆上的冷氣機展開攻勢。大扁當然是使出渾身力氣，大唱情歌，想要以歌聲征服美人。不料，冷氣機小姐是個「冰山美人」，對情歌無動於衷。

「冰山美人」還皺著眉頭說：「我們冷氣機一向講求『最高品質靜悄悄』，真受不了你們這麼吵。」

幸好，他們還有第二目標──扇子姑娘。這次由二扁出馬，寫了封情書送給檀香木出身的扇子姑娘。

「我最敬愛的木頭美人啊，扇子姑娘。請妳接受我的愛慕，讓我們永浴愛河。」

扇子姑娘很快的回信了，只有簡單的兩句話：「我不能和你永浴愛河，我泡在水裡會發霉。」

就這樣，阿扁三兄弟的「熱情如火B計畫」又落空了。三兄弟唉聲嘆氣，覺得倒楣透了。

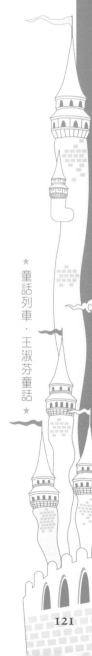

幸好，夏天結束了，阿扁三兄弟可以休息一整個秋冬。在簌簌秋風中，他們一動也不動的躺著，眼睜睜看著一粒粒灰塵掉落在身上。

　　大扁懶洋洋的說：「唉，成天躺著，筋骨都發麻了。能再轉動轉動多好，管它吹什麼冷熱涼風。」

　　二扁也瞇著眼，有氣無力的說：「是呀，大哥英明，不愧是大哥。」

　　現在，阿扁三兄弟都盼望著夏天早點兒來，不管吹冷吹熱都無妨。

──原載一九九六年三月《國語日報》

Fairy Tale

Part.17

小羊妹妹
烤蛋糕

Fairy Tale

★　★　★

小羊妹妹想烤一個大蛋糕

她把所有材料都準備好了，模型內塗上一層奶油，將攪拌好的麵糰倒入。

「這會是一個好香的蛋糕。」小羊妹妹開心的打開烤箱，將模型放進去。

但是，她遇到難題了。

「一個蛋糕要烤多久？」

她左思右想，實在不知道答案。於是，她到隔壁大象媽媽家求救。

「我們家的蛋糕啊。」大象媽媽說。「每次一烤就是半小時。出爐的時候，又鬆又香。」

小羊妹妹趕緊跑回家，把烤箱轉到「三十分鐘」，然後，泡杯茶，坐下來等。

半小時後，「叮」烤箱響了，小羊妹妹急忙打開烤箱的門。咦，怎麼會是一個又硬又黑的失敗作品啊？

「一定是大象媽媽記錯了。」

第二天，小羊妹妹又準備好材料，把蛋糕模型端進烤箱。

小羊妹妹烤蛋糕

「這回我該去問老鼠媽媽。她家孩子多，常烤蛋糕給寶寶們吃，應該知道烤蛋糕的正確時間。」

　　老鼠媽媽的答案是：「我烤蛋糕，只要三分鐘。」

　　「三分鐘？」

　　小羊妹妹心裡想，難怪上次會烤焦，三分鐘跟三十分鐘，足足差十倍哩。

　　只是，三分鐘後，小羊妹妹從烤箱端出來的，是一個黏呼呼、根本還沒有烤熟的麵糰。

　　第三天，小羊妹妹改向狗大姊請教。

　　「烤蛋糕啊，十五分鐘恰恰好。」狗大姊拍拍小羊妹妹的肩，說出她的經驗。

　　說也奇怪，小羊妹妹這次真的烤出一個金黃色、香噴噴的蛋糕了。

　　她心裡想：「還是狗大姊聰明。下回，我什麼事都該問她。」

　　★　　★　　★

　　小羊妹妹老是對左鄰右舍說：「我會烤美味十足的蛋糕。」

只是，大家從來沒有口福品嘗過。

小馬弟弟問：「哪一天，我們才能吃到妳親手烤的蛋糕？」

「改天吧。我現在還缺一樣東西，沒有這樣東西，我的蛋糕就做不成。」小羊妹妹這樣回答。

「這麼重要的東西，是什麼？」

小羊妹妹搖搖頭。

「到底是什麼，我們來幫妳準備。」小猴子說。

小羊妹妹卻笑著說：「這樣東西，買也買不到。」

看到她這麼神祕，大家都好奇得很。

有人猜：「一定是她家的烤箱壞了，還沒修好。」

有人說：「可能是採不到漂亮的草莓。」

還有人想了想，一口咬定：「最近的雞蛋都不新鮮。」

這個答案，讓雞媽媽氣得三天不下蛋。

只是，這些東西都買得到啊。

小馬弟弟忍不住了，悄悄對小羊妹妹說：「我的生日就要到了，妳可不可以烤個蛋糕送我呢？」

小羊妹妹抬頭看看天空：「可是，我還缺一樣東西

耶。」

　　大夥兒聽見了，一齊大聲喊：「妳到底缺什麼，快說！」

　　小羊妹妹一個字一個字揭曉：「因為，天空不下雨。所以我沒辦法做蛋糕。」

　　小兔問：「為什麼？」

　　小貓說：「想不透。」

　　「好吧。」小羊妹妹一樁樁說給大家聽。「因為天空不下雨，地下種籽不發芽，所以，長不出棉花。」

　　大家的臉色更好奇了。

　　「沒有棉花，就沒辦法紡紗。」

　　「沒有紗，就沒有辦法織布。」

　　「沒有布，就不能做圍裙。沒有圍裙，我怎麼烤蛋糕。會搞得全身髒得不得了！」

　　這下子，大家全都懂了。小馬弟弟大聲說：「小羊妹妹啊，妳懂不懂？妳缺少的不是『天空不下雨』，而是另一件東西。」

小羊妹妹烤蛋糕

一屋子的抱怨

門是這樣說的：「我想了一輩子了，再沒有人比我更矛盾；我總是下不了決定，究竟應該進去還是出來？」

床是這樣說的：「我躺了一輩子了，卻總是睡不著，也沒有做過夢。我躺著，卻累著。」

椅子是這樣說的：「我整天都想玩大風吹，但是，卻老是輪不到我站起來。」

時鐘是這樣說的：「既然這一生的道路都被規劃好了，我為什麼還要一直走，能走到哪兒去？」

鉛筆是這樣說的：「為什麼我不能自由發言，只能當手指的應聲蟲？」

尺是這樣說的：「我一輩子挺直腰桿，可是，我有時候也想伸伸懶腰啊。」

橡皮擦是這樣說的：「如果別人不犯錯，我就不存在。我的生命，是建立在錯誤上，這樣對嗎？」

釘書機是這樣說的：「我越咬牙切齒，你們越密不可分，這是什麼道理？」

量角器是這樣說的：「我愛用各種角度去看這個世界，你們卻偏偏堅持一個角只能有一個刻度。」

字典是這樣說的：「既然沉默是金，我不想再解釋了。」

電視是這樣說的：「我有千萬個面孔，到底哪個才是我？我需要去精神科掛號，做做心理治療。」

冰箱是這樣說的：「別怪我不能長期保鮮，誰叫每個人的青春有效期限太短。」

電話是這樣說的：「夠了，夠了！老是重複別人的話，我就不能有我自己的意見嗎？」

燈也有話要說，桌巾也有話要說，瓶中的玫瑰也有話要說，魚缸裡的貝殼也不斷張著嘴⋯⋯

我坐在地板，聽。

——原載一九九八年十一月《國語日報》

Fairy Tale

Part.19

貓當選
總統了

　　貓當選總統那一天，舉國譁然。因為是全民直選，大家也只能接受這個結果。不過，心裡仍有幾分不滿：「貓，會打高爾夫球嗎？會跟外國總統握手嗎？懂得吃西餐的禮儀嗎？會跳國際標準舞嗎……」

　　但是貓一溜煙跑掉了。記者們拍不到貓向全國民眾揮手的照片，非常氣憤，他們本來打算將底片賣給「世界動物和平組織」的。

　　總統府發言人對外宣布：「總統指示，他什麼也不

管。」話一說完，他扔掉手裡的演講稿，開始在臺上變魔術。他從西裝裡掏出火箭砲機關槍雷射激光劍什麼的，搞得記者們興奮得不得了，不停的喊「安可！安可！」

貓像平常一樣，瞇著眼到處找地方補充睡眠，順便做全身的柔軟瑜伽，以確保壽命。他沿著欒樹逡巡，聞到遍地花草清香，終於，他被春天那股優雅迷幻的美好氣味徹底打醒。

於是，他想起當選總統這件事。他嘆口氣，仰天長嘯。

他想起政見發表會上，和競選對手——狗的那場辯論，他難得話多，一口氣喵了兩個長句。

「自己管自己，世界何等美麗。」

還不都是那些幕僚想出來的口號，好像在哄小學生似的。

貓伸個長長的懶腰。身為總統，他要做什麼都沒人管。

Part.20

某一尾魚

有那麼一天，一尾魚賣力的擺動尾鰭，朝海的上方游；他想試試，如果一直往上，往上，最後會到哪裡？

他不再往東，也不再往西，挺著身子，向光亮的海面前進。游吧游吧，看看世界的盡頭有什麼？

游啊游啊，時間過了好久好久。這時他的身體已經無法彎曲了，像枝珊瑚礁，直直往上移動。他的眼睛，因為長時間向上看，最後眼睛竟長到頭頂上。他已經瞧不見左，望不見右，更看不到底下有什麼。

魚終於游到海面上，衝出大海，跳上天空。他的鰭成了翅膀，他飛到城市上空。城市裡溫熱的風，使他僵硬的身體再度柔軟起來，於是，他擺動翅膀，像尾真正的魚在空中游動。

城市的人大聲歡呼，因為他們喜歡新鮮事物。有人高喊著：「大家來看，天空裡的飛魚耶。」怎麼搞的，他就是不想當魚，不想在海裡游來游去啊？

他努力的「不像條魚」，放棄擺動，將翅膀輕輕合攏在身旁。他直直往地面落下，一直落一直落，最後，終於掉到河裡，然後游回海裡。

Fairy Tale

Part.21

鯨的歌

深深深深的海底，來了個長相奇怪的客人。

大翅鯨「闊嘴兒」從來沒見過這種長相的怪客；一頭火紅的毛髮，三隻金色眼睛，還有三角型的頭顱。更古怪的是，這怪客沒有鰭，只有一雙手。這雙手朝闊嘴兒一伸，伸出二十個指頭來。

闊嘴兒嚇一跳，不過，可不能讓對方知道他嚇一跳；闊嘴兒是個挺愛面子的大男生。他擺了擺尾鰭，漫不在乎的問：「您，打哪兒來的？」

他還特地使用「您」這個字眼，好顯得自己斯文有禮。

怪客指指前胸，發出一連串怪聲音，金色眼睛眨呀眨，好像很著急。闊嘴兒仔細一聽，咳，這怪客在唱歌呢！

唱的正是去年闊嘴兒得到「海底歌唱大賽」的曲子，曲名是「哎呀我的天」。

「唉呀我的天，你怎麼也會唱？」闊嘴兒一驚，居然忘了使用「您」這個斯文有禮的字。

怪客咧開嘴兒笑了，回答：「哎呀我的天，總算找到你了。」

★ 鯨的歌 ★

每年，海底的鯨總要舉辦一次歌唱比賽，看看誰的聲音宏亮，誰的聲音優雅。得獎有什麼好處呢？啥也沒有，但是，參加的男鯨們才不在乎哩，只要自己精心準備的歌曲，能讓遠處的女孩子們聽到，那就夠了。所有的鯨們，都是這樣找到新娘的。

　　去年，闊嘴兒偷偷練了好久，總算在比賽那天，贏得冠軍。

　　當時，他低垂著頭，全身動也不動，把那首「哎呀我的天」重複一遍又一遍，直到海底所有的生物全都受不了，醫院的「耳鼻喉科」急診處擠滿耳膜受傷的病患；最後，總裁判長藍鯨大娘吼了句：「好啦，第一名是你的！」闊嘴兒這才笑咪咪的閉上闊嘴。

　　他完全不知道，那天起，全體鯨媽媽警告小孩的訓

詞是：「再不乖，叫闊嘴兒唱歌給你聽。」

而所有的鯨妞們，睡前的禱告詞是：「上帝啊，請別讓我嫁給闊嘴兒和他那首難聽的歌。」

當同年齡的男生都找到女朋友時，闊嘴兒覺得奇怪了：「是不是我的歌聲太動聽，女孩兒認為配不上我？」

別的鯨不忍心說出實情，只安慰他：「這麼特別的歌聲，當然得送給最特別的新娘。」

現在，闊嘴兒看著眼前的怪客，看著那二十隻手指頭，好意的說：「您，別待太久，這裡不好玩。」

其實，他真正的意思是：「你長得這個樣，準被嘲笑。」

怪客眨眨眼，又笑了：「沒想到，你的歌好聽，你的心腸也善良。」又說：「我是個女生，是從遙遠的『波』星球來的。」

闊嘴兒不懂什麼星球不星球；從小到大，他沒離開過海洋。不過，他想，這個「波」星球準是個很遠很遠的地方。不知道這個女生怎麼來的？

「我的名字是『小嘴兒』。」怪客一說，闊嘴兒才發

現，她的嘴的確小，就跟一只小扇貝一樣。

她還說：「我從太空中，聽到你的歌聲。」

原來，闊嘴兒去年唱歌時，被一群海洋學家錄下音，結果居然受到人類的喜愛，成了當時最紅的暢銷金曲。有個醫生還在報紙上發表看法：「根據神經學、心理學、聲韻學的綜合研究結果，大翅鯨這種反複的節奏，可以治療失眠、心律不整以及無名腫痛。」

許多人就一窩蜂買了闊嘴兒的唱片，日日夜夜的聽。最後，連美國總統都決定，「旅行者號」太空船升空時，也帶一卷到太空中播放，表示地球對全宇宙的友好問候。

「波」星球的小嘴兒聽見了，她的同學也都聽見了，還感動得哭了。有人說：「這是多美的音樂啊。」有人在日記上寫著：「今天天氣寒冷，但是這首歌讓我的心出太陽。」雖然她是從「小學生日記範本」上抄來的，但是老師仍然批個「甲」。因為老師也覺得這首歌好聽。

小嘴兒因此決定在生日這一天，送自己一份禮物，到地球尋找唱這首歌的人。她沒想到，這首歌原來躲在深深深深的海底，是一隻叫「闊嘴兒」的大翅鯨唱的。

小嘴兒伸出她的二十個手指頭，從衣服上的口袋裡，拿出一本簽名簿：「請幫我簽個名好嗎？」

　　闊嘴兒擺了擺尾鰭，不好意思的說：「我不愛寫字。」其實，他是不會寫字；這不能怪他，海底沒有學校。

　　小嘴兒就說：「你可以畫個大大的嘴巴，當成簽名。」

　　闊嘴兒就在簽名簿上畫了個大嘴巴，像這樣：

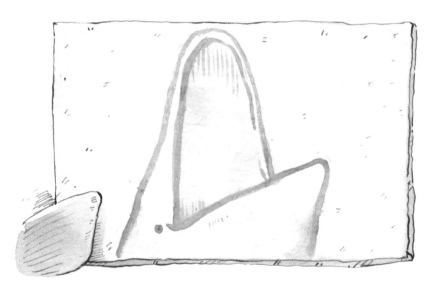

　　小嘴兒眨眨金眼睛，笑起來：「哎呀我的天，真好看。」

闊嘴兒很高興，他喜歡看別人笑。他又想：「既然她愛聽我唱歌，我就唱個歌。」

　　於是，闊嘴兒張開闊嘴，低垂著頭，身子一動也不動，賣命的唱起來。

　　「哎呀我的天，哎呀我的天，哎呀我的天⋯」

　　闊嘴兒又想，小嘴兒從那麼遠的地方來，應該唱點兒特別的。於是，他又加了幾句：「哎呀我的天，哎呀我的媽，哎呀我的爸，哎呀我的哎呀。」

　　這下子，海洋裡所有的生物又往醫院急診處跑了。

　　只不過，小嘴兒覺得這首歌簡直美極了。她說：「這是我聽過最特別的歌。」她跟著哼起來，和闊嘴兒在深深深深的藍色海底，一動也不動的唱著歌。

　　這就是闊嘴兒和小嘴兒第一次見面的故事。

後來，他們結婚了，一起住在海裡。每當有月亮的晚上，闊嘴兒會讓小嘴兒坐在背上，浮在海面，唱著他們自己編的歌。那時候，遙遠的「波」星球，就會有人說：「是小嘴兒。」而海邊的人類，會說：「是一隻鯨，在唱歌給特別的人聽。」

──原載一九九九年福建少兒出版社「好阿姨童話」系列

鯨的歌

Fairy Tale

Part.22

木蘭小吃

花木蘭已經二十八歲了，卻一直嫁不出去。每次跟男生相親時，木蘭都會問對方：「你覺得我國的國防武器夠不夠？敵人的戰術弱點是什麼？軍隊駐紮在山腳行嗎？」

男生們都回答：「對不起，這是國家機密。」同時又說：「我忽然有事，以後再聯絡。」

不過，通常永遠不會再聯絡。

花爸爸非常煩惱，他恨不得木蘭早點兒嫁出去，他就可以跟花媽媽參加「環島進香團」，到各地去玩。

還好機會來了。皇帝為了對付敵人，下令全國每戶人家派一個男人當兵作戰。花木蘭家只有一個男人，就是花爸爸，年紀大、體力差，入伍只會給部隊增添麻煩。為了不影響國家的戰備實力，花爸爸死也不肯去。所以，他和木蘭關起門來偷偷商量，最後決定，由木蘭打扮成男生，代替父親去從軍。

花爸爸說：「軍隊裡，有來自各地的英雄好漢，妳正好可以找到如意郎君。記住，要挑個像

老爸一樣的。」

花木蘭也說：「好吧，反正今年想不出來要買什麼父親節禮物。替你上戰場，就算是禮物吧。」

父女兩個抱頭痛哭，不過，當然是喜極而泣。花爸爸心想：「再醜的女孩，到了軍隊也會變成仙女。」

花木蘭則是想：「總算可以到軍隊去完成我的心願。」她因為平時無聊，看了不少武俠小說，幻想自己是天下無敵的女俠。在家時只能對著老鼠和母雞拳打腳踢，現在有機會可以和敵軍拚命，施展功夫，她興奮極了。

沒想到軍隊還有「能力分班」，她的力氣小、跑得慢，又沒有練過氣功、鐵頭功，最後竟然被分到「伙食班」，負責煮飯給其他隊友吃。她覺得很難過，不過，看到伙食班的班長，她又很高興，因為班長的鼻子很大，跟老爸一樣。

木蘭隨著軍隊到處作戰，每當有敵人來襲，她的任務就是抱著鍋子逃命。因為軍隊的隊長曾經指示：「命可以不要，飯不能不吃。」

木蘭看到隊友在戰場殺敵人，也被敵人殺，覺得戰爭實在太可怕了。從前，她一直想當英勇的戰士，現在，

她只想活著回家，殺殺雞就好。

伙食班的班長李翔負責開菜單，常常開一些稀奇古怪的菜名：「炒泥巴蛋」「紅燒石頭」「螞蟻想家」「野草也有春天」。伙食班的隊友都覺得莫名其妙，但是李翔說：「反正閒著也是閒著，不如動動腦筋，玩玩遊戲。」

木蘭也覺得閒著也是閒著，就照著菜單做出一道道古怪料理。「炒泥巴蛋」先將蛋用泥巴醃泡一小時，炒出來有泥土的芳香。「野草也有春天」則是採集各種野草，用開水燙熟，再排成「春天」兩個字。依照這種做法，還可以做出「野草也有夏天」「野草也有秋天」「野草也有冬天」。不過，軍隊戰士最喜歡的，是「野草也有明天」。

沒多久，李翔和木蘭就成為軍隊裡最受歡迎的人。連敵軍都自動投降，只希望能吃到他們做的菜。皇帝十分開心，頒發「年度最佳勇士獎」給他們兩個。這時候，花木蘭才拿下軍帽，告訴皇上自己原來的身分。皇上嚇了一跳，說：

「這年頭長得不像女人的女人，實在不多。」

這句話簡直把花木蘭氣壞，她說：「長得這樣，又不是我的錯。」於是，獎也不領了，也不想當什麼「最佳勇士」了。她問李翔：「跟我回家，還是留在這裡？」

李翔搔搔頭，想了想：「反正閒著也是閒著，不如跟妳回家。」

花爸爸和花媽媽也環島旅行回來，帶回一大堆各地土產。李翔看到了，又產生不少靈感，繼續開菜單：「佛打噴嚏羹」、「一寸香一寸情香腸」、「馬車會搖雪花冰」……

雖然花媽媽覺得李翔的鼻子有點大，但是花爸爸說：「不就跟我的一樣大？」所以，很快就答應他和木蘭的婚事。還出錢讓他們開了家「木蘭小吃」。

當然，「木蘭小吃」從此就成了全國最紅的餐廳。連皇上都得預約，才吃得到「滷豬王」、「皇后走路湯」、「愛妃的炸微笑」……

──原載二○○二年四月作家版《我不笨，我要出書》

Fairy Tale

Part.23

我不笨，
因為我要出書

Fairy Tale

綠油油的農場上，有一隻粉紅色胖小豬，名叫「寶貝」。

　　寶貝最近非常不快樂，因為他曾經拍過幾部電影：「我不笨，因為我有話要說」「我不笨，因為我要出國」。沒想到，看過電影的人，都認為寶貝真的很笨，因為在電影裡，他的所有臺詞都是找別人配音，可見寶貝的口才一定很差，也就是說「我很笨，因為我不會講話」。

　　「哼！我不但會講話，而且還會背『三字經』呢。」寶貝去找他的知心好友鴨子，向他訴苦。

　　鴨子點點頭：「是呀，我知道。連我都會背，你怎麼可能不會呢？」

　　於是，兩個好朋友在池塘邊一起高聲朗誦三字經：「哇哇哇，喳喳喳，嘰嘰嘰，嘎嘎嘎。」

　　別懷疑，這是動物版的「三字經」。

　　寶貝嘆了一口氣：「事到如今，為了證明我真的不笨，我決定要寫一本書，好讓全國小朋友明白：豬，也會寫作文。」

　　鴨子很興奮：「真的嗎？你要出書。太好了，請你一定要記得在書裡提到我。」

寶貝瞪他一眼：「我又不是寫食譜。」

既然要出書，首先最重要的當然是：寫什麼？

他們決定去逛逛書店，看看現在最暢銷的是什麼書。結果，寶貝發現，暢銷書排行榜第一名的書叫《減肥濃湯》，作者是長頸鹿小姐。這算什麼，難道那些肥哥肥妹不知道，長頸鹿並不是因為喝濃湯才瘦的，是因為她本來就瘦啊。

「這種騙人的書，我不能寫。」寶貝很激動的發誓。其實，更重要的理由是，寶貝這輩子是不可能瘦下來的。

他再拿起第二名的書來看：《好想談戀愛》，作者是河馬女士。天啊，這是什麼書？寶貝翻過來翻過去，仔細讀完，才知道原來自從河馬照過鏡子以後，發現自己應該是森林裡的美少女，於是一腳把河馬先生踩扁，然後在書裡宣布：凡是有頭有臉有西裝有信用卡的男生，都應該來和她談戀愛，將來她會把這些戀愛故事寫成書、拍成連續劇。如果故事夠精采，還可能在網路上連載。

但是寶貝不想談戀愛，因為「吃」才是他的最愛。

所以，回家後，他左思右想，好幾天都想不出來該寫什麼內容。

鴨子果然夠朋友，不但幫寶貝買好稿紙，連退稿用的回郵信封都準備好了。寶貝嘟嘴抱怨：「居然看不起我的作文能力！」

他立志：無論如何，不寫出一本書，絕不罷休。

「書，不過就是一大堆字連起來嘛。」寶貝忽然靈光一閃，有了新發現。「也就是說，只要在書裡放進很多字，就行啦。」

那可容易，寶貝邁開四條肥腿，飛快的跑向農場主人家，東找找西找找，不管是瓶子罐子、箱子盒子，只要上面有字，他就趕緊抄下來。

「只溶你手不溶你口高鈣鮮奶……金獎影帝袋口朝上……飯後食用有機肥料……低脂麥芽衛生紙……油炸清蒸濃縮洗衣粉……」

寶貝越抄越起勁，快樂的大叫：「原來寫書這麼容易。」不過，他還是很尊重「智慧財產權」，沒有把所有的字都抄下來。既然是自己寫的書，當然要加上自己的想法。他回到豬窩，慎重的修修改改，希望這本書能有自己

的風格。

總算，寶貝的新書寫好了。開頭第一段是「只溶你豬手不溶你豬口高鈣鮮豬。金獎影帝豬口朝上。飯後食用有機肥豬。低脂麥芽衛生豬……」

他很得意的把大作拿給鴨子看。鴨子左看右看上看下看，只有一個感想：「怎麼都是『豬』？」

寶貝回答：「笨，這樣讀者才知道這是我寫的呀。」

全國記者一聽到寶貝要出書，趕忙來採訪。當大家拜讀完這本書以後，都覺得非常慚愧，心裡都在懺悔：「連豬寫的書，我都看不懂，還有資格當記者嗎？」

幸好不久後，有幾個偉大的學者教授在報紙上發表「書評」，詳細解說如何閱讀這本「豬的書」，大家才終於了解：「這是一本充滿憤怒、憂鬱、哀愁、喜悅、歡愉、顛覆、鄉土、都會、後現代、前古代的巨著。」

而寶貝，也獲得年度「最佳寫作獎」。當然，為了凸顯他的風格，這個獎，也加上個豬字，成了「最豬寫作獎」。

——原載二〇〇二年二月作家版《我不笨，我要出書》

Part.24

獅大王

雨水豐沛的草原上，獅大王躺在樹下睡午覺。忽然，聽見首相大臣長臂猿急急忙忙的聲音：「報告大王，接到一封緊急電報！」

獅大王氣得醒過來：「我不是吩咐，睡覺時不准吵嗎？睡眠不足會影響發育、皮膚乾燥、氣血混濁、視力減退；你你你你，罰青蛙跳。」

長臂猿哪會青蛙跳？所以只好由一旁的青蛙代替他跳。

「報告大王，實在是非常重要的事，你一定要真的醒過來聽清楚。」為了證明獅子王沒有繼續打瞌睡，首相大臣只好馬上進行「智力測驗」：「大王，一加一多少？」

「大膽！森林之王不必回答。」獅大王用洪亮的嗓門大吼一句。

首相點點頭：「很好，標準答案。」然後他趕快把那封電報念給獅大王聽：「為了促進世界和平，增進友誼，訂於明年舉行『國際動物聯合大會』，邀請森林之王、海洋之王、河流之王、山洞之王……等各地的『王』參加。會後並有摸彩，獎品豐富，敬請準時蒞臨。動物之友協會敬上」

獅大王一面聽一面打瞌睡，聽到「獎品豐富」才醒過來，然後很威嚴的下達指示：「很好，很好，這種『飢餓五十』的運動非常有意義，可以在最短時間內達成減肥效果。很好，很好。」

　　首相大臣知道獅大王根本沒聽清，只好再念一遍。

　　獅大王這回明白了，很興奮的說：「你瞧，這封電報把『森林之王』排在第一個，可見他們很重視我。趕快回電，說我會參加。對了，順便打聽一下，摸彩第一特獎是什麼？」

　　其實，發出去的電報如果是給「海洋之王」的，就會把海洋之王寫在第一位；「動物之友協會」很懂事，也很怕事的。

　　但是，令獅大王煩惱的問題來了，他找不到像樣的禮服穿。

　　「這種國際會議，如果不穿得光鮮體面，還能叫『王』嗎？」

　　於是，首相大臣命令森林裡唯一出國留學的服裝設計師──金錢豹，要他盡速幫大王設計一款禮服。

　　現在換金錢豹煩惱了。獅大王那種身材，又肥又

胖，而且又頂著一頭亂七八糟的蓬髮，任何一套禮服穿在他身上，都是對設計師莫大的羞辱。所以，他只好去找森林裡唯一出國留學的整型醫師——羚羊。

這回換羚羊煩惱了，如果要幫獅大王雕塑身材，除了要抽脂、控制飲食，還要加上換膚、蒸氣治療、香精按摩；而獅大王的身材又是最難成功的「西洋梨、葫蘆瓜、木瓜、蘋果」等等的綜合體，全部療程起碼要兩年。而且他還得到「死海」去挖「黑泥」（改善鬆垮的肌肉用的），來回也要兩年。怎麼說，都沒辦法讓獅大王在短時間就改變身材。想了想，他只好去找森林裡唯一出國留學的文學博士——土狼。

土狼聽了，一點兒也不煩惱，他說：「簡單，我們請獅大王穿『國王的新衣』。」

長臂猿首相、金錢豹、羚羊都沒聽過這個「限制級」的童話故事（因為有「三點全露」鏡頭），所以，土狼只好從頭說一遍。

大家聽了，都覺得很殘忍，不過，也很好玩，反正獅大王本來就沒有穿衣服的習慣。因此，在首相的安排下，他們就照著故事演一遍，讓獅大王以為自己真的穿了

件高貴的禮服——雖然沒看見。

不過，獅大王終於忍不住了。有一天，他跑到湖邊，對著湖面東看西瞧，就是看不出來自己身上有什麼。他嘆了一口氣，自言自語：「老啦，眼睛不行了，啥都沒看見。」為了保住森林之王的威嚴，他立刻宣布退休，讓年輕的小獅王繼位。

小獅王辛辛巴巴很不滿意的說：「這種繼位方式太無趣了，沒有謀殺，沒有流浪，沒有決鬥，也沒有主題曲。唉，太乏味了。」

長臂猿搖搖頭：「真搞不懂這一代的新新『獅』類，竟然覺得日子過得太舒服！」為了滿足小獅王，他只好花一大筆錢，聘請「動物之友協會」幫忙，請電影公司拍了一部「有謀殺、有流浪、有決鬥，更有主題曲」的電影，播放給小獅王看。這下子，辛辛巴巴才高高興興的繼承王位，天天躺在雨水豐沛的草原上睡覺。

——原載二○○二年二月作家版《我不笨，我要出書》

Fairy Tale

Part.25

痛苦小姐

痛苦小姐很痛苦，常常覺得不快樂，她的痛苦就像百科全書上的字那麼多。

　　痛苦小姐每天一起床，就望著天花板發呆，想著萬一地震，天花板壓下來，不就把自己的鼻子壓扁了，那該多醜！

　　她越想越不安心，決定以後睡覺時，一隻眼得睜開，以便地震時能迅速發現。只不過，當她晚上睡覺時，卻沒法決定該睜哪隻眼。如果是右眼，那就只能看到右邊天花板，萬一是左邊的天花板掉下來，那可糟糕。兩隻眼都張著也不行，睡眠不足有礙健康。唉，真是痛苦啊。

　　痛苦小姐決定先睡再說。反正她早已吊了個大鐵球在天花板上，地震來時，絕對能把她打醒。

　　走在路上，痛苦小姐也是煩惱一大堆。她總覺得，總有一天，她一定會踩到香蕉皮，摔了跤，不就又把美麗的鼻子壓壞了嗎？於是，她走路得緊盯著路面，結果，總算沒有踩過香蕉皮，只是常撞到電線杆。

　　吃東西也有問題；她隨身帶著顯微鏡，對吃的食物做完細胞檢查，確定沒有毛茸茸的可怕小蟲她才敢吃。真是痛苦哇！因為顯微鏡很重，又很貴，而且，痛苦小姐很

怕買到的是仿冒品。

痛苦小姐很痛苦，因為她知道這樣下去，她的人生太沒意思了。所以，她去看醫生，希望把這毛病治好。

醫生答應她，會好好想辦法救救可憐的痛苦小姐。他問：「什麼事令妳最痛苦？」

痛苦小姐想了想，回答：「每件事。」

醫生點點頭：「沒問題，我開份『痛苦丸』給妳吃。」

「我已經夠痛苦了，幹麼還吃『痛苦丸』？」

醫生說：「不，不，痛苦丸不是給妳吃的。當妳覺得痛苦時，就想辦法把藥丸給別人吃，這樣，別人也會覺得痛苦。」

痛苦小姐半信半疑的拿了藥丸，回家了。

走到半路，她又撞上電線杆，痛得哇哇叫。一個好心的路人過來問她：「要不要緊？」她趁那個人張嘴時，把藥丸丟進去。果然，那個倒楣鬼也哇哇叫起來：「好痛苦喔，我小時候的綽號是『豆腐乳』，難聽死了，我好恨喲！」

痛苦小姐沒想到有人比她更痛苦——因為她小時候的綽號叫「烏魚子」，好像比「豆腐乳」好聽——便忘掉自己的痛苦，快樂的回家了。

從此，痛苦小姐天天給別人吃「痛苦丸」，讓別人跟她一樣，痛苦得不得了。最後，痛苦小姐受不了了，終於大叫：「現在，我最痛苦的是，成天聽別人唉唉叫，我受夠了。」

她扔掉痛苦丸，並且發誓：「我再也不要聽到『痛苦』這兩個字。」

痛苦小姐不痛苦了。現在，她是「憂愁小姐」。

——原載二○○二年二月作家版《我不笨，我要出書》

生氣人生氣

「生氣人」一輩子就為「生氣」而活，他看到天空就氣，看到草地也氣；看到小朋友氣，看到老爺爺也氣；看到藍天裡的白雲飄過，真是大氣特氣；看到海面上淡淡的水波，簡直氣到不能再氣。

　　有時候，什麼事也沒發生，這真是讓「生氣人」氣得捶頭跺腳。

　　「生氣人」生了太多氣，他的屋子裡已經擠滿了生氣，再也沒有一絲空隙了。所以，他決定把生氣帶到市場去賣。

　　「誰要買生氣？大減價、大特價、大優待。」他拉開喉嚨大聲叫賣。

　　小朋友走過去，看了看生氣，想了想：「我需要嗎？」

　　老奶奶走過去，也瞧了瞧，問自己：「我家缺不缺啊？」

　　一位太太走過來，很高興的說：「哇！新產品耶，我要買。一斤多少錢？」

　　「生氣人」很生氣：「要買就買，囉嗦什麼！我不賣啦。」

生氣人生氣

一位先生走過來，研究了半天，問：「你賣的東西，有什麼特色？能做什麼？」

　　「生氣人」瞪他一眼：「它能做的事可多著呢。快給我滾！」

　　好半天，一絲絲生氣都賣不出去。最後，「生氣人」很生氣，當場決定把生氣通通贈送出去。

　　天啊！市場一下子擠得水洩不通。大家聽說有免費贈品，全帶著超大容量桶子來裝。不到五分鐘，「生氣人」的生氣，被搶個精光。他氣得立刻跑回家，把門緊緊鎖住，不讓別人來偷他的生氣。

　　搶到生氣的人，都趕快把它藏起來。可是想來想去，放在哪個地方才安全呢？存在銀行不保險、收進抽屜也不安全，氣死人了，真是越想越氣。

　　後來，這些拿到生氣的人，決定把生氣吞進肚子裡。哈哈，這下子誰也偷不著搶不到了！他們真高興，一路唱著歌回家。他們卻不知道，一唱歌，生氣就氣得不見了。

　　當然，「生氣人」非常生氣，因為他想到那麼多人跟他一樣，居然滿肚子全是生氣。最後，他氣得打開門，

把所有的生氣通通趕出去。

　　「生氣人」的屋子裡只剩下滿滿、滿滿的空白，他看著空白，眼中一片空白，腦筋裡也一片空白；空白是那麼的空、那麼的白。有沒有人要空白呢？

──原載二○○二年三月「王淑芬的文學網站」

★ 生氣人生氣 ★

瓶子人

「瓶子人」到哪裡都帶著瓶子，因為他想把看見的東西——特別是那些珍貴的、或看起來珍貴的，通通裝進瓶子裡帶回家。

「舀一些給我。」「裝十個給我。」「我要七份。」這幾句話，成了瓶子人的口頭禪。可是，有些時候，人家並不想給他啊。於是，「瓶子人」只好自己想辦法。

參加宴會，「瓶子人」把自己打扮成瓶子；宴會裡有好多值得裝回家的珍饈美味！他悄悄在人群中走動，看到什麼就伸手一抓，通通裝進瓶子裡。龍蝦、裝龍蝦的盤子，葡萄酒、裝葡萄酒的杯子，連餐桌上的螞蟻，也全部裝進去。沒有螞蟻，怎麼證明這些食物是多麼可口？

黃昏時，「瓶子人」去散步，聽到有人讚美晚霞，他想都沒想，立刻張開雙臂，把天空的五彩雲霞兜進胸前瓶子裡。他又想：「既然有晚霞，清晨的露珠也應該裝個幾瓶收藏。」隔天一早，他馬上帶著瓶子到公園草地上集取露珠。

「瓶子人」的家，到處是瓶子，玻璃瓶、塑膠瓶、廣口瓶、細頸瓶……。「瓶子人」每天看著他的瓶子，滿心高興。但是，他望望窗外，立刻又不高興了。

還有那麼多東西沒裝進瓶子裡呢，他急死了；動作慢一些，不就被別人拿光啦。

　　「瓶子人」趕快出門，帶著他的瓶子，看到什麼，就開口向人要一點。更多時候，他直接伸手拿。

　　他快步走著，懷裡的瓶子太滿，忽然溢出來。「哎呀！」他驚叫一聲。「我可真笨，如果把裝滿的東西倒掉一些，不就可以再裝更多？」

　　「更多」是多麼美麗的字眼哪！「瓶子人」氣自己以前為何沒想到。於是他快步回家，把所有裝滿東西的瓶子，都倒掉一些，興奮得大喊：「這下子，可以再裝了。」

　　但是，「瓶子人」又想到：「如果我把瓶子裡的東西全部倒光，不就可以裝更多更多？」

　　「更多更多」是多麼迷人的字眼哪！「瓶子人」激動得幾乎要流下淚來。

　　從此以後，「瓶子人」更忙碌了，他每天出門，帶著瓶子，看到什麼就裝什麼。等到瓶子裝滿，他又迅速把瓶子倒光，重新再裝點別的。

　　「瓶子人」從此過著幸福快樂的時光。

——原載二○○二年三月「王淑芬的文學網站」

Part.28

夢的 E-mail

Fairy Tale

我真想做個夢。

已經好幾天，夜晚上床，清晨起身，呆在枕頭上，腦子裡想了又想，就是找不到夢的影子。這麼多天沒有做夢，我一定不正常。

正常人會做夢，有時一夜還可以連環夢、分段夢。連環夢是夢的長篇小說，有情節有人物，說不定還有結局。分段夢是短篇選集，一夜裡有時夢到三個故事，第一個夢中我是獅子；第二個夢，我溜下滑梯；第三個，老師變成美人魚。

可是我太久沒做夢了。我真煩惱，這是什麼怪現象？

好友小齊說：「不如，你給夢寫封信，邀請他來。」夢的地址呢？

小齊又出點子：「發一封E-mail吧，省得貼郵票。」夢的E-mail address呢？

我和小齊研究半天，很難決定夢的信箱該怎麼寫。

「假如你是夢，你會怎麼決定你的信箱帳號？」我採用福爾摩斯探案的手法。

小齊想了很久，在紙上寫了幾個答案。「夢@夢的

家。」「美夢@夢.com」「dreamer@dreaming.com」。

我提醒他：「信箱地址不能寫中文。」

小齊「哼」的一聲：「不公平，世界上有這麼多懂中文的人，夢難道不懂？」

也許夢正好是英國人。

最後，我打開電腦，在「收信人」那一欄，輸入的是：「D1225@fairy.com」，我想，夢應該收得到我的信。

我還是一連幾天，都沒有做夢。不過，我看開了，不做夢也罷，夢根本沒有用，又不能洗一洗嚼著吃。

有時，聽到同學聊著：「昨晚我做了個夢，發大財耶，買了幾大箱的巧克力。」旁邊的人還傻乎乎的問：「真的嗎？那你在夢中有沒有送我一塊？」

或者，也有這樣的夢：「慘啦！我夢見數學不及格，我的夢一向靈驗。」還有一種：「我夢見你和偶像手牽著手呢。」那個被夢見的人，還會羞答答的說：「討厭。」

做做夢其實也不錯啦。有幾次，我將原有的夢加油添醋，或稍加改編，向朋友吹噓，大家都知道那是瞎話，

但大家都笑得開懷；笑聲可是真的。

三天後，我打開電腦信箱，終於收到夢的回信。

「馬君同學：我已收到你的信。關於邀請我去拜訪你一事，因為最近太忙，無法親自前往。寄一個給你好了。夢敬上」

我趕緊打開夢寄來的附加檔，結果，電腦螢幕居然出現「中毒」的警告標誌。中的是什麼毒呢？

這個病毒檔名是：「大白天不准胡思亂想」。

——原載二○○二年三月「王淑芬的文學網站」

★ 夢的 E-mail ★

Fairy Tale

Part.29

鯨島

大海中有一座很小很小的島，小得就跟天空中的小星芒一樣；小小島真小，它覺得自己什麼也不是。

　　小小島從風那兒聽來的知識，知道世界上最大的東西叫「海洋」，海洋中最大的東西叫「鯨」。所以，小小島給自己取了個響叮噹的外號：「鯨島」。

　　鯨島站在海洋中，哪裡也去不了，它覺得日子像白花花的太陽，空白無味，太無聊了，所以，它整天拉著忙進忙出的海浪，要求海浪陪自己聊聊。

　　「我能做點什麼？」鯨島問。碧綠的海浪，像停不住腳的遠征士兵，急急忙忙往前衝，只留下一句高聲回應：「你可以任命自己當國王啊，這樣一來，想做什麼都行。」

　　於是，鯨島便任命自己擔任島的國王，統治島上的一切。

　　鯨島上只有一個子民，就是鯨島自己，所以，它給自己下了命令：「我命令我去找事做。」

　　但是，它想不出來該找什麼事做，所以，它又給自己下了第二道命令：「我命令我開始想。」

　　鯨島一面發號施令，一面聽從命令，簡直比搬運食

鯨島

物的工蟻更忙呢。

　　所以，鯨島又給自己下了
第三道命令：「我命令我自己
休息。」

　　從南方流浪回來的風，笑得在空中打轉：「別瞎
忙，你哪裡也去不了；看來，連國王也不適合你。我猜，
你只能在夢中流浪。」

　　鯨島一聽，心情很好：「對啊。」它笑著給自己發
布最後一道命令：「我可以命令我自己不斷夢想。」

　　在夢想中，鯨島帶領一整團海浪士兵，征服了最野
蠻的雷陣雨，然後，把全世界的雷聲，製成一串小巧風
鈴，掛在鯨島南方的白楊樹上，當作耳環。

　　在夢想中，鯨島不當國王了，他改當芭蕾舞教師，
教導夜晚天上的星星們跳舞。他會用絨毛般溫柔的聲音數
拍子：「一二三左踏步，二二三右踏步。」所有的星星，
穿上晶亮舞鞋，在空中不停旋轉。

　　在夢想中，鯨島寫了一本詩集，朗讀給月亮聽。月
亮覺得每一首詩都說中了月亮的心事，感動得在天空發起

呆來。

在夢想中，鯨島認識了另一座島，名字就叫做「島」。這座島不想要名字。

「鯨島」問了「島」一千個問題，第一題就是：「你有沒有夢想？」

「島」不說話；一說話，它就不見啦，它只是鯨島的夢想啊！

鯨島不想告訴任何人他的夢想，因為，夢想太大太大，比任何一座海洋都大。這麼大的東西，怎麼說他？

鯨島哪裡也去不了，但是，他哪裡都去過了。

他去過最高最高的山峰，那裡住著美麗的藍精靈與紅精靈，他們掌管全世界的紫色，也負責設計清晨第一道曙光的披風。

他也見過最矮最矮的邦邦族人，這些小矮人有點害羞，唱歌時會臉紅。

他喜歡清晨時拜訪真正的鯨國王，陪他喝一杯美人魚眼淚釀成的茶。

　　他喜歡黃昏時到好友「島」的院子裡散步，那時，「島」通常在睡覺。

　　鯨島笑著想，現在，他可不需要什麼外號了，他就叫「小島」。至於風，也許會告訴別人：「你知道吧，世界上最大的東西是……」

——原載二〇〇二年三月《巧連智月刊》

創意、形式、教訓與愛情

──《王淑芬童話》賞析

◆徐錦成

1

　　王淑芬曾經出版過一系列「妙點子故事集」。無庸置疑，她是位充滿妙點子的童話家。

　　寫童話是需要點子的。相較於其他文類，我們更常以「有沒有創意」來評斷一篇童話的優劣。「有沒有創意」的另一種說法便是「點子妙不妙」。像王淑芬這樣的童話作家，本質上是個「創意人」。

　　作家在作品中展現創意，讀者因而在閱讀過程中學到「如何創意思考」。這是極其自然的。

　　在〈不聽話的齊齊〉裡，齊齊說：「是狐狸，就一定要吃雞嗎？」這教的是逆向思考──想像一

下，如果狐狸不吃雞，會有什麼故事發生？

至於〈一屋子的抱怨〉，則是聯想遊戲的演練──所有家具都在抱怨，如果你是其中之一，你會怎麼說？

讀童話，學創意。王淑芬童話在這一點給人深刻的印象。

2

王淑芬創意的展現，除了妙點子之外，還可進一步談的是她對說故事技巧的追求。妙點子是內容，但說故事的技巧則是形式。

〈一個國王的故事〉一開頭即說：「我是個童話作家，我的任務是說好聽的故事。」但作家之所以為作家，除了「說好聽的故事」外，還必須懂得「如何說」。這篇童話裡，國王固然想聽一個（他個人覺得）好聽的故事，但童話作家忙了半天，其實也是在反省「如何說，才能讓故事變好聽」這件事。這篇「後設童話」透露了王淑芬對於說故事技巧的追求慾望。

王淑芬對於說故事技巧的反省，更典型的例證應該是〈羅蜜海鷗與小豬麗葉〉這一篇。這篇作品曾獲第二屆國語日報「牧笛獎」童話組佳作，是王淑芬最好的作品之一，也是確定能在台灣童話史上留名

的作品。該篇兩位主角的故事分雙線進行，王淑芬大膽地將書頁一分為二，是形式與內容的完美融合，也是難得一見的創意。

〈羅蜜海鷗與小豬麗葉〉篇幅過長，本書無法收錄；不過本書所收的〈急性子的貓〉卻是它最初的版本。同一個故事寫兩次，正證明了王淑芬對「如何說」比對「說什麼」更感興趣。有心的讀者不妨將這兩篇對照閱讀，相信不難從中偷得幾招說故事技巧。

3

在王淑芬的童話裡，我也讀到了「教訓」。

聽到某篇作品裡帶有教訓，不管是大人或小孩，或多或少都會心生排斥。我必須承認，自己也並不喜歡帶有教訓意味的作品。然而，當我從王淑芬童話裡讀到教訓的時候，內心的感動卻是滿溢的。

我的感覺是這樣的：

如果我還是兒童，恐怕絲毫不會察覺王淑芬童話裡帶有教訓。（如果你讀出教訓，表示你年紀不小了。）

而如果我更年輕點，一定會說：這樣的童話不是好作品。（更年輕的時候，我很少讀到「好作品」。如今回想，或許問題不在作家，而在於讀者我自己。）

幸好，如今我快步入中年了。讀到王淑芬童話裡的教訓，只覺得幸福。

　　大紅蘋果掛得高，當時光飛逝，只能掉在泥土裡腐爛；一棵樹就是一棵樹，最好就活得像一棵樹。……這些教訓，你我在年輕的時候就聽說過。但要能體會，還是需要一點歲月歷練的。

4

　　王淑芬童話的特色，還有一點不能不提：那就是對愛情的刻畫。

　　在童話裡大談愛情適合嗎？有何不可！愛是您、愛是我、愛是每一個能呼吸、有心跳的生命都需要的。哪怕是乳臭未乾的毛頭小子，也有談戀愛的權利。

　　「為什麼一塊冰糖會愛上一顆方糖？沒人知道。愛情是沒有道理的。」王淑芬這樣說。

　　因為愛情沒有道理，所以急性子的貓會「煞」到烏龜小姐。闊嘴兒和小嘴兒也會跨越千里來相會。至於彼此默默遙望的紅玫瑰與白薔薇呢？不必氣餒，王淑芬在故事結尾安排了一場華麗的婚禮等著呢！

　　或許，愛情本來就有點像童話吧！

5

　　王淑芬說她的童話「永遠在現實生活中打轉，沒有大規模跳脫時空的『純粹幻想』」，這當然是謙虛的話。

　　我讀她的童話，獲益良多，而最大的收穫是發現：因為有了童話，現實生活變得多麼不同啊！

Fairy Tale

又一章

十歲國

有個國家叫做「十歲國」，十歲國的人，每個人一出生就是十歲，而且每一天都是十歲，一直活到一百年才死。死的時候當然也是十歲。

　　曾經有一個十歲人問另一個十歲人：「為什麼我們是十歲，不是五歲，或五十歲？」

　　十歲人回答：「因為根據全國的老師、科學家、心理學家、醫學家們的研究報告，十歲是一個人最快樂的年紀。所以我們是地球上最幸運的人，我們可以每天都過著十歲的快樂生活。」

　　全國的老師、科學家、心理學家、醫學家，當然也都是十歲。

　　至於為什麼十歲最快樂？何必管那麼多，只要負責快樂就好。

　　每天醒來，十歲人快樂的喝牛奶、吃麵包，快樂的揹書包去上學。如果上課時有一點不快樂，也沒關係，因為下課時又可以快樂了。然後快樂的回家。

　　本來十歲國的人都覺得日子過得挺不錯。因為每天都是十歲，做著十歲該做的事，於是每天起床，會忘記前一天是怎麼過的。既然都一樣，就不必記得啊。

十歲國的人都得了遺忘症，對前一天的事完全不記得。當然，連「他們得了遺忘症」這件事，他們也遺忘了。

　　有一天，有個人因為看見一隻貓咪媽媽生下小貓，他覺得剛出生的五隻小貓好可愛，便決定幫他們取名字：一、二、三、四、五。為了怕忘記，他回家後，趕快在從來沒寫過的空白日記本上，寫下這件事。

　　他還把五隻小貓不同的顏色畫在本子上。日記本就放在床邊，他相信明天一起床，便能記得這件事；他很想再去看看貓咪。

　　沒想到，第二天，他去看貓咪後，又發現另一件他必須寫在日記上的事，以免忘記。當他抬頭看著天空時，天上居然有五朵很像一、二、三、四、五的白雲，形狀就跟小貓咪一樣，有朵雲還像三，正打著呵欠呢。

　　十歲人覺得，自從他開始寫日記後，好像越來越快樂。每天為了記錄這一天發生的事，他出門會更細心觀察四周。

　　有一天，他不寫了，改用貼的。他把出門看見掉在地上的東西貼在日記上。

　　第一天貼的是：三片黃色尖形葉子、一枝三角形的

小筷子。

　　第二天貼的是：一張印滿愛心的紙、一塊錢。

　　第三天貼的是：兩片深綠色的圓形葉子、一根鳥的羽毛。

　　為了找東西貼，他上學途中會左看右瞧，不像以前，只知道一直往前走。

　　隔天起床，他翻翻日記，想著：「今天我要找不一樣的東西。」他打開門，張大眼睛，看看樹上會掉下什麼，地上會長出什麼，好忙啊，他覺得比從前的快樂，還要快樂一百倍。

　　其他的十歲人開始學他，有的人用寫的，有的人用拍照，再印出來貼。有的人用畫的，有的人用說的，再錄影下來。

　　十歲國的人，已經忘記他們應該「遺忘」。因為所有的事都寫下來、畫下來、拍下來、印出來，不會再忘了。

　　東家村有個人有一天寫的日記，大家都搶著看，到處流傳。本子上面寫的是：「今天我看見一隻蜜蜂，我在想：蜜蜂最快樂的時候是幾歲？」

　　原來，日記也可以寫「想」。於是，大家更快樂了，

每天都想著，可以在日記裡記下什麼「想」？

　　後來有一天，第一個寫日記的人發現他起床時，長出鬍子。「我的天啊，我不是十歲，我超越十歲，我比十歲老了。」

　　忽然，他呆住了。「我現在應該覺得快樂還是不快樂？」他不知道答案。

　　沒想到，其他人也開始老了。有的變成十五歲，有的變成五十歲。還有人變成整數一百歲，然後快樂的死掉。

　　「你怎麼知道他是快樂的死掉？」第一個寫日記的十歲人問我；我是負責寫這篇故事的人。

　　我說：「活到一百歲，當然快樂。你又怎麼知道他不快樂？」

　　總之，十歲國消失了，現在成為普通國。普通國的人到底快不快樂呢？那就要想想快樂是什麼？不如請你說說。

——原載二○一二年七月七日《國語週刊》

創作兒童文學二十多年，我在這本童話精選集中，彷彿看著自己像繪本《阿羅有支彩色筆》般，想要什麼，就畫什麼；想到哪裡，就為自己畫出車子，行駛著、畫出小船，航行著。多麼自由與快樂！這就是童話最基本最原初的質感啊。

感謝童話，滿足我的創作實驗慾望。因為童話可以盡情想像、去除框架，所以，怎麼玩都行。我發現自己居然在二十年前，便已寫出有點後設認知味道的童話〈一個國王的故事〉。而〈生氣人生氣〉、〈瓶子人〉這類風格的童話，之後成為我童話創作的主要基調：思考的、哲學的。我像其他作家，可能也在這一路的摸索與實驗中，終於確定自己想選林中哪條路了吧。

九歌出版的童話選集，為作家留住創作的成長軌跡，真心感激。閱讀本書的讀者，如果讀出我對童話的熱愛，讀出我是多麼想玩遍各種可能的童話形式與內涵，便是我的知音了；誠心道謝。

　　這本書，風格多元，主題豐富，我如今重讀它，也在其中確定自己夠努力，沒有愧對支持我的讀者。

　　　　　　　　　　　　王淑芬 於二〇一七年四月

《冰糖愛上方糖：王淑芬童話》延伸閱讀：

領略童話的真性情

◆鄒敦怜

給讀者的話

什麼是童話？

相較於其他童話集的輕薄短小，這本厚實的童話集足足有三十篇之多，沒有太多的插圖，只有一個個文字凝聚而成的童話。細細閱讀，可以發現作者為讀者呈現的，是屬於童話的真性情。

童話是生活的呈現，生活中的所見所聞，每一樣都可以成為創作的主角。細數這幾篇作品中的主角：貼在牆上的磁磚、冰糖和方糖、蘋果、各種花兒……；許多「尋常事件」也成為作者創作的靈感，例如：吃蛋糕、減肥、堆雪人、準時和遲到……這些生活化的題材，讓讀者多了一份共鳴。

童話能巧妙解決生活的難題，是機智的展現。懶惰的山豬開了冰果店，誤打誤撞做出了黑胡椒牛奶，之後

呢？他可以怎麼收拾殘局？因為身上一朵代表「心」的向日葵融化了，傷心的雪人會怎麼做？很少成為主角的國王，押著童話作家寫故事，要怎麼才能讓自己當故事中唯一的主角？急性子的貓做什麼都那樣的急，會有哪些突發狀況？最後他是怎麼變得優雅從容？作者拋出一個又一個的問題，並且透過故事書寫一個又一個童話家的解決之道。

　　童話是想像力的延伸，可以開啟寬廣的思維。這樣的特質是童話的精髓，在這本童話集，俯首可得這些充滿想像的作品。原本應該害人的巫婆，為什麼變成「好巫婆」？讀過之後，讀者可能會這麼想：就算周圍的人都做不對的事情，我也不必跟他們一樣呀！一群動物抗議字典中出現「歧視」的文字，希望字典能改進，於是字典真的變成完全沒有這些詞語的「好字典」，只是這樣的字典真的實用嗎？讀者思考的點，會想著那些所謂好或不好，真的是那樣的絕對嗎？熟悉的花木蘭故事，假如發生在現代，可能會是怎樣的情節？讀者想到的是：那些流傳已久的故事，真的是那樣無懈可擊嗎？

作者在某些作品中，提供沒有標準答案的哲學思考，例如：〈不聽話的齊齊〉這一篇，一隻不肯安分當母雞的小母雞，和一隻不喜歡吃肉的狐狸，會有怎樣交會的火花？每個人真的都要跟大部分人一樣，才是正確的嗎？〈樹想當樹〉這一篇，作者寫出路邊被過度修剪的樹，從文題中透露作者對於街景路樹的評價；〈貓當總統〉這篇，一隻隨口說了深奧話語的貓，竟然當了總統，可是貓只想好好的、悠閒的睡午覺啊，這個總統怎麼當才好呢？〈鯨島〉是全篇最後一個故事，孤獨的鯨島，如何抵抗孤獨的感覺？故事一開始寫著鯨島是大海中一座很小很小的島，故事最後作者透過風，告訴大家：「世界上最大的東西是……」這個未說完的話題，其實是作者特意留給讀者的課題。

　　讀過整本故事，讀者一定會覺得心裡有點新的想法，也許，可以更適切的回答一開始的問題：童話是什麼？

閱讀思考

篇名	提問
1. 巫婆變心	1. 吉娜最後變成什麼？ 2. 假如你是吉娜，你喜歡當巫婆還是王妃？為什麼？
2. 不聽話的齊齊	1. 齊齊為什麼「不聽話」？你覺得他這樣做對嗎？ 2. 假如你身邊有像齊齊這樣的朋友，你會跟他說什麼？為什麼？
3. 花兒們的心事	1. 故事中一共寫了幾種花？她們的心事分別是什麼？ 2. 你最喜歡哪一朵花最後的結局？為什麼？
4. 怕高的白九	1. 白九怕高，又被貼在高處，他最後怎麼克服？ 2. 假如白九是你的朋友，你會說什麼來鼓勵他？
5. 狼心狗肺	1. 故事中的狼和狗，因為什麼事情開始聊天？之後他們決定做什麼？ 2.「很久以前」和「很久以後」這兩段故事，都有「好字典」這個角色，你喜歡哪一種好字典，為什麼？

6. 黑胡椒牛奶	1. 進來涼冰果店因為哪件事情開始變得有名？ 2. 在生活中，有哪些事情跟進來涼冰果店被盲目推崇類似？
7. 冰糖愛上方糖	1. 冰糖和方糖原本為什麼不能在一起？ 2. 最後他們怎麼在一起？你喜歡這樣的結局嗎？為什麼？
8. 大紅蘋果高高掛	1. 故事中的蘋果樹媽媽，對蘋果們有怎樣的期望？ 2. 最後那一顆蘋果的結局怎麼樣？假如你是那顆蘋果，你會對自己說什麼？
9. 一個國王的故事	1. 國王為了什麼事情，找上童話作家？ 2. 故事可以只有一個主角嗎？說說你的想法。
10. 吃蛋糕的方法	1. 咪咪怎麼吃蛋糕？她用什麼方法吃到世界上最好吃的蛋糕？ 2. 阿奇一共吃了幾次蛋糕？分別跟誰吃的？最後他怎麼吃到最好吃的蛋糕？
11. 鱷魚太太們的夏天	1. 鱷魚太太們夏天忙些什麼？ 2. 為什麼鱷魚先生們說自己的太太醜又笨？你覺得有道理嗎？為什麼？
12. 急性子的貓	1. 阿快的個性急，從哪些事情可以看出來？ 2. 阿快因為什麼事情，改掉自己個性急的毛病？

13. 雪人不要哭	1. 雪人是怎麼出現的？他為什麼會哭？ 2. 哭泣的雪人，後來為什麼笑了？
14. 好準時和不遲到	1. 好準時國和不遲到國，他們因為什麼事情吵架？ 2.「時間先生」怎麼解決這個問題？
15. 樹想當樹	1. 這棵樹是一棵怎樣的樹？有什麼事情發生在這棵樹身上？為什麼讓樹感嘆「想當樹」？ 2. 你曾在路邊看過修剪過的樹嗎？你有怎樣的感覺？
16. 阿扁三兄弟	1. 阿扁三兄弟住在哪裡？他們三兄弟有怎樣的計畫？他們怎樣實行這個計畫？ 2. 冬天時，阿扁三兄弟的想法跟夏天一樣嗎？為什麼？
17. 小羊妹妹烤蛋糕	1. 第一段故事中，小羊妹妹烤了幾次蛋糕，結果呢？ 2. 第二段故事中，小羊妹妹為什麼沒辦法烤蛋糕？ 3. 這兩段故事中，你發現小羊妹妹有哪些需要提醒的地方？
18. 一屋子的抱怨	1. 屋子裡有哪些伙伴，他們的抱怨分別是什麼？ 2. 從這些抱怨中，你發現哪些跟這些東西有關的特性？

19. 貓當選總統了	1. 貓當總統，為什麼「舉國譁然」？猜一猜貓平時給人的印象是什麼？ 2. 你覺得貓適合當總統嗎？為什麼？
20. 某一尾魚	1. 一開始，這一尾魚跟別的魚有什麼不同？於是他決定怎麼做？ 2. 為什麼最後這條魚又回到海裡？
21. 鯨的歌	1. 闊嘴兒的歌聲有什麼特色？這樣的歌聲跟「小嘴兒」有什麼關連？ 2. 兩個角色最後怎麼了？你喜歡這樣的結局嗎？為什麼？
22. 木蘭小吃	1. 原本「木蘭從軍」是怎樣的故事？跟這一篇故事有哪些相同或不同的地方？ 2. 木蘭小吃怎麼變成全國最紅的餐廳？
23. 我不笨，因為我要出書	1. 寶貝為什麼悶悶不樂？他決定做什麼來改變自己的心情？ 2. 寶貝的新書怎麼寫出來的？這本書的評價如何？
24. 獅大王	1. 獅大王為什麼需要新衣？大家為了找到這件新衣，嘗試了哪些方法？最後怎麼解決？ 2. 小獅王在怎樣的狀況下繼承王位？為什麼小獅王不滿意？最後怎麼解決？
25. 痛苦小姐	1. 痛苦小姐為了哪些事情痛苦？這些事情都值得痛苦嗎？說說你的想法？ 2. 痛苦小姐怎麼解決自己的問題？結果呢？

26. 生氣人生氣	1. 生氣人是怎樣的人？他怎麼處理自己的「生氣」？ 2. 生氣人處理掉生氣之後，他剩下了什麼？ 3. 這個故事讓你想到哪些問題？
27. 瓶子人	1. 瓶子人有怎樣的特色？他收的瓶子裡收集了哪些東西？ 2. 瓶子人怎樣讓自己「過著幸福快樂的時光」？
28. 夢的 E-mail	1.「我」為什麼想寫 E-mail 給夢？結果呢？ 2.「我」收到來自夢的 E-mail，結果是什麼？
29. 鯨島	1. 鯨島是一個怎樣的海島？他怎麼排解自己的寂寞？ 2.「島」是怎麼來的？ 3. 為什麼故事最後寫著鯨島哪裡都去過了？他怎麼去的？ 4. 故事最後沒說完的內容，你覺得答案是什麼？為什麼？
30. 十歲國	1. 十歲國原本是一個怎樣的國家？這裡的人為什麼這麼快樂？ 2. 第一個寫日記的人，記下哪些事情？他有變得更快樂嗎？為什麼？ 3. 你覺得「快樂」是什麼？你想當普通國還是十歲國的人？為什麼？

活動設計

活動一：主角收集簿

說明：

這本書中有許多有趣的故事，故事中每個主角都不一樣，請收集五個不同類型的主角，寫下這些角色的特點，完成你的主角收集簿。

範例：

故事名稱	主角名字	主角外型	主角特點	畫一畫 這個角色
不聽話的齊齊	齊齊	一隻母雞	不想學母雞孵蛋，反而想學公雞叫。	
怕高的白九	白九	方方正正的白色瓷磚	有懼高症，卻被貼在高樓外層。	

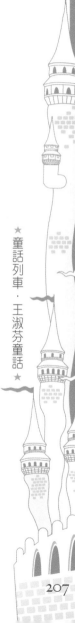

故事名稱	主角名字	主角外型	主角特點	畫一畫 這個角色

活動二：故事連環畫

說明：

任選一個你喜歡的故事，挑選故事中四個關鍵的情節，用四格漫畫的方式，表現故事內容。

1	2
3	4

活動三：童話桌遊

說明：

幾人一組都可以，準備骰子，和各自的標示物品。

猜拳先訂出先後順序，依序投擲骰子。

骰子落在哪一個數字，可以先翻看書本的目錄頁，確定童話的題目，再大致說出那一個編號的童話故事的內容。

從編號 1 開始，走過頭要退後 6 格重來，第一個順利走到編號 29 的人，就是勝利者。

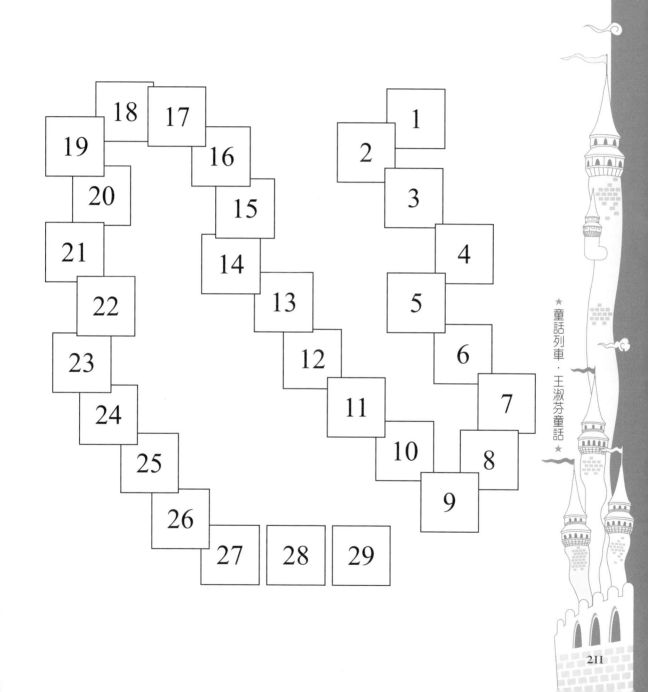

★ 童話列車・王淑芬童話 ★

活動四：故事曼陀羅

說明：

任選一個故事，運用曼陀羅的方式，找出故事相關的元素，整理故事重點。

範例：

主角	吉娜最後一招	吉娜偷聽
吉娜，巫婆學校第一名畢業的巫婆。	施展變心咒，成為善良女孩，得到王子喜愛，卻從此沒領到巫婆證書。	聽到王子要王妃的條件是「善良」，吉娜恍然大悟。
巫婆證書 一年內完成一件嚇人的、可怕的、破壞力強的任務才能得到。	巫婆變心	吉娜第三招 運用變聲咒，唱出美麗歌聲。→王子沒被吸引。
實驗地點／事件 皇家舞會，實習巫婆有三次機會。	吉娜第一招 運用變身咒，讓自己變得非常美麗。→王子沒被吸引。	吉娜第二招 展現優美舞姿。→王子沒被吸引。

★延伸閱讀★

	（寫出故事名稱）	

活動五：結局大改編

說明：

這本書中一共有三十個童話故事，任選一個故事，寫下故事的原本的結局，再寫下你改編後的故事結局，最後把整個故事重新說一次。

範例：

故事名稱：黑胡椒牛奶	
原本的結局	改編後的結局
野豬阿豪生日時，家人特地準備「進來涼全席」，害他吃了躺在腸胃科急診。	大家對於這種奇怪、難吃的料理又敬又怕，卻又不敢說不喜歡，怕自己跟不上流行。阿豪生意越做越大，還開了連鎖店，變成當地飲食的風尚，阿豪還成為當地電視台的「型男廚師」呢！

故事名稱：	
原本的結局	改編後的結局

童話列車13

冰糖愛上方糖

王淑芬童話

著者	王淑芬
繪者	貝果
主編	徐錦成
創辦人	蔡文甫
發行人	蔡澤玉
出版發行	九歌出版社有限公司
	臺北市八德路3段12巷57弄40號
	電話／25776564・25707716
	郵政劃撥／0112295-1
九歌文學網	www.chiuko.com.tw
印刷	晨捷印製股份有限公司
法律顧問	龍躍天律師・蕭雄淋律師・董安丹律師
初版	2006年10月
增訂新版	2017年6月
定價	**280元**

書號	0173013
ISBN	978-986-450-130-4

（缺頁、破損或裝訂錯誤，請寄回本公司更換）

國家圖書館出版品預行編目(CIP)資料

冰糖愛上方糖：王淑芬童話 / 王淑芬著；
貝果圖. -- 增訂新版. -- 臺北市：九歌，
2017.06
面； 公分. -- (童話列車；13)

ISBN 978-986-450-130-4(平裝)

859.6   106007298